로크미디어가
유혹하는
재미있는 세상

ROK
MEDIA
로크미디어

상위 0.001% 랭커의귀환 1

2023년 3월 14일 초판 1쇄 발행
2023년 3월 17일 초판 1쇄 발행

지은이 유우리
발행인 강준규

기획 이기헌 왕소현 박경무 강민구 조익현
책임편집 김홍식
마케팅지원 이원선

발행처 (주)로크미디어
출판등록 2003년 3월 24일
주소 서울시 마포구 마포대로 45 일진빌딩 6층
Tel (02)3273-5135 Fax (02)3273-5134
홈페이지 rokmedia.com E-mail rokmedia@empas.com

값 9,000원

ISBN 979-11-408-0763-5 (1권)
ISBN 979-11-408-0799-4 04810 (세트)

ROK
MEDIA
롴미디어

유우리 퓨전 판타지 장편소설

①

상위 0.001%

랭커의귀환

CONTENTS

드림 사이드

[당신의 꿈을 이루어 주는 '드림 사이드'는 일주일 뒤, 0시부로 서비스가 종료됩니다. 그간 많은 성원과 사랑을 보내 주셔서 감사했습니다.]

강서준은 퇴근길 지하철에서 스마트폰을 내려다보며 한숨을 푹 내쉬었다. 다소 어이가 없었기 때문이다.

'진짜 끝이야……?'

5년간 밤낮없이 즐겨 왔던 유일한 그의 취미. 게임 〈드림 사이드〉가 갑자기 서비스를 종료했다.

그는 탈력감에 그저 헛헛하게 웃었다.

'내가 그렇지 뭐.'

N포 세대란 말이 있다.

연애, 결혼, 집…… 심지어 꿈마저 포기해야 살 수 있는 사람들.

강서준은 그 말이 웃겼다.

왜냐고?

'나는 그조차 못 되니까.'

29세 취업준비생 강서준.

그는 N포 세대라 부르기엔 하자가 있었다.

왜 N포 세대겠나?

무엇을 이루기 위해서는 무언가를 포기해야 하기 때문이다.

반대로 말하자면 '포기만 한다면' 뭔가를 이룰 수 있다는 것.

그래.

N포 세대는 가능성이 있다.

'난 N무(無) 세대라고 불러야 될 거야.'

아무것도 가지지 못했다.

돌아가신 부모님이 물려준 게 고작 빚더미다.

연애? 진즉에 포기했는데 취업도 못 했다.

대학교를 갈 돈이 없었으니까.

꿈은 말할 것도 없다.

"97번 지원자. 들어오세요."

"안녕하십니까! 97번 지원자 강서준입니다. 잘 부탁드립니다!"

"강서준 씨는 경력이 없네요?"

"시켜만 주신다면 무엇이든 열심히 하겠습니다!"

기업에서 원하는 인재상은 '중고신인'이었다. 신입인데 경력이 있길 바랐다. 전공이라도 있었으면 달랐을까.

면접장에서 나란히 앉은 지원자 사이에서 그에게만 들어오는 질문은 없었다. 궁금하지도 않은 거겠지.

덜컹, 덜컹!

누군가의 지하를 달리는 전철. 그곳에서도 구석에 몰려 4.7인치의 작은 액정만을 들여다봤다.

[서비스 종료 안내]

강서준은 피식 웃었다.

'가진 건 이것뿐이었는데.'

그가 유일하게 잘하는 것.

게임.

비록 망겜이란 말도 많이 듣지만, 그는 게임 〈드림 사이드〉에서 당당히 랭커 자리에 앉아 있었다. 그것도 랭킹 1위라는 독보적인 위치였다.

'섭종이라……'

다시 한번 헛헛하게 웃었다.

쥐뿔도 없는 인생에 무엇 하나 더 없어졌다고 달라질 건
또 뭐람.

'5년이나 즐겼으면 됐지.'

게임 역할은 충분했다.

그렇게 생각하자.

띠링!

근데 알람과 함께 메시지가 도착했다.

발신자는 게임사.

혹시 또 서비스 종료 문자인가.

확인 사살이라도 하려고?

내용을 확인한 강서준은 저도 모르게 실소를 터뜨렸다.

[사전 예약 안내. 당신의 꿈을 현실로 만들어 주는 '드림 사이드 2'의 정
식 오픈 안내입니다. 다가오는 10월, 여러분에게 돌아오겠습니다.(짝짝짝)]

'이것 때문에 섭종한 거였어?'

강서준은 메시지에 적혀 있는 링크로 접속했다.

[사전 예약 인원 : 39,768명]

'……많네.'

하기야 망겜, 망겜 소리를 들어도 접속 인원은 적지 않던 게임이었다. 고인물 숫자가 부족해서 그렇지, 인지도 자체는 아주 높은 편이었다.

유명 연예인도 이 게임을 즐긴다고 인별그램에 업로드해서, 한때 핫이슈로 떠올랐었는데.

누구였더라?

모르겠다. 아이돌이었던 것 같은데.

'일단 예약…….'

간단히 개인 정보를 입력한 강서준은 흐뭇하게 웃었다.

정들었던 게임…… 아예 떠나보내 줘야 하는 줄 알았는데.

'얼른 그날이 왔으면 좋겠네…….'

그렇게 그는 한 달을 기다렸다.

무슨 일이 일어날지 전혀 상상도 못 한 채.

⊰⊱

시간은 흘러 10월.

고대하던 드림 사이드 2의 정식 오픈일이 밝았다. 강서준은 아이포크 103동 정문 인터폰을 누르고 말했다.

"구팡입니다. 열어 주세요."

새벽 택배 알바.

요즘 아파트는 정문부터 막혀 있어 이렇듯 인터폰으로 보안실과 연락을 해야만 했다.

돌아오는 대답은 없었다. 대신 문이 활짝 열렸다.

확인도 안 하고 열어 준 것이다.

익숙했다.

이 시간에 아파트를 방문하는 외부인은 택배 직원 말고는 없을 테니까.

강서준은 상자를 짊어지고 아파트 내부로 들어섰다.

아이포크.

호텔 같은 화려함. 도시 속 쉼터. 초호화 힐링을 테마로 내건 아파트답게 로비부터 번쩍번쩍했다.

반듯한 대리석 바닥을 걸어 엘리베이터로 가는 동안에도 보폭에 맞추어 자동으로 센서 등이 켜졌다.

'이런 데에서 살면 무슨 기분일까.'

비 오면 창문으로 빗물이 새고, 벽엔 곰팡이가 꽃처럼 피는 반지하와는 아주 다르겠지.

그래서일까?

여기서 엘리베이터를 타고 올라가다 보면 괜히 이곳 주민이 된 것 같아 기분이 좋았다.

띵!

[18층입니다.]

양쪽으로 문이 열리고 어두운 복도가 나타나자, 그의 상상
도 순식간에 갈라졌다.

눈앞에 보이는 건 그저 차가운 현실.

그는 들고 온 짐을 내려놓고 사진을 찍었다.

[사진]
[구팡] 새벽배송 1박스 문 앞(으)로 배송 완료했습니다.

이것으로 오늘 일과는 끝이었다.

강서준은 시간을 확인해 봤다.

'새벽 5시 50분……'

밤샘 알바에 이어서 새벽 택배 배송까지 마치면 늘 피곤했
다. 얼른 집에 돌아가서 쓰러져 자고 싶은 기분이 들 수밖에
없는 것이다.

하지만 오늘은.

오늘만큼은 괜찮았다.

왜냐고?

'드디어 오픈이니까!'

게임 페인에게 있어서 가장 즐거운 게 뭐겠는가. 더는 심
심해서 너튜브나 뒤적이다 침대에 널브러질 필요가 없는 것

이다.

드림 사이드 2의 정식 오픈 시간은 새벽 6시.

10분 남았다.

'닉네임 선점부터 해야지.'

이미 그의 닉네임은 이전 게임에선 상징과도 같았다. 뺏으려는 사람이 있을지도 몰랐다.

그건 결코 용납할 수 없는 문제.

'유일한 내 거야.'

N무 세대라고 스스로를 지칭할 정도로 가진 게 없는 그에게 남아 있는 유일한 성과.

게임, 드림 사이드.

그곳에서 그는 랭킹 1위였고, 최강이었으며, 현실에선 가지지 못한 대단한 유명세가 있었다.

그는 그걸 놓치고 싶지 않았다.

'케이.'

단순히 '강서준'에서 이니셜인 K를 본따서 대충 지은 닉네임.

하지만 5년을 넘게 한 탓인지, 고작 캐릭터 이름에 불과한 것이 애틋하게 느껴졌다.

이젠 다른 닉네임은 쓰지 못할 것 같으니, 원.

"문제는 내 핸드폰이 감당할 수 있냐는 건데……."

드림 사이드 2는 이상하게도 닉네임 선점을 핸드폰으로

한다는 공지가 있었다.

당일 게임 접속 시에는 오류가 있을 수도 있으니, 안전하게 모바일 링크를 통해 닉네임을 선점할 수 있도록 나름의 배려를 한 것이다.

한데 문제는 그의 핸드폰이 구동조차 버거운 구닥다리 휴대폰이라는 점이다.

'닉네임 선점에서 중요한 건 누가 뭐라 해도 선착순이야.'

누구보다 빨리, 닉네임을 입력해서 캐릭터 등록을 마친 자가 승리였고, 그에 비해 강서준의 핸드폰은 버벅이는 게 특기였다.

'제발 부탁한다……!'

속으로 핸드폰을 응원하며 링크에 접속했다. 초조하게 핸드폰 액정을 들여다보니 얼추 시간은 거의 근접했다.

문득 엘리베이터 계기판을 올려다봤다.

오늘따라 엘리베이터도 더디게 내려가는 것처럼 보였다.

마치 렉이 걸린 그의 스마트폰이라도 된 듯이.

아, 불길한 상상은 그만두자.

근데…… 확실히 이상하긴 하네.

13층.

12층.

12층.

12층.

……아예 멈춘 것 같은데?

강서준은 엘리베이터의 작은 창 너머의 새카만 풍경을 보고, 계기판을 다시 본 뒤, 잠시 기다려도 봤다.

답은 금방 나왔다.

"……멈췄어."

삐이익!

강서준은 가볍게 혀를 차면서 노란 버튼을 꾹 눌렀다. 고급 아파트인 만큼 24시간 대기하는 직원이 있을 테니 큰 걱정은 없었다.

이른 아침이라도 응답할 것이다. 마침 그도 이 아파트에 들어오려고 잠시 통신을 하질 않았던가.

"저기요. 103동 5-6라인인데요. 엘리베이터가 멈춘 것 같아요."

─…….

"저기요? 아무도 없나요?"

대답은 없었다. 그는 재차 버튼을 눌러봤다.

"저기요? 대답 좀 해 주세요!"

─…….

묵묵부답.

그는 표적을 바꿔 엘리베이터의 문을 쾅쾅 두드려 봤다. 큰 목소리로 외쳐 봤지만 딱히 효력이 있는 건 아니었다.

"여기요! 여기 사람이 갇혔어요!"

새벽 6시 무렵.

엘리베이터 문을 두드리는 소리를 들어 줄 주민이 어디에 있을까. 여긴 방음도 기가 막힌 초고급 아파트인데.

강서준의 눈썹이 저도 모르게 팔(八)자를 그리며 구부러졌다.

강서준은 일단 119에 전화해 봤다.

−119 응급 구조 센터입니다.

"여기 반주동 아이포크인데요. 엘리베이터가 멈춘 것 같거든요? 보안실도 연락이 안 돼요."

−신고자분 혼자이신가요?

"네."

−너무 걱정하지 마시고요. 금방 구조대원이 그리로 갈 겁니다.

"얼마나 걸리죠?"

−금방 도착할−

쿠구구구구궁!

갑자기 엄청난 굉음이 터지면서 사방이 흔들리기 시작했다. 반사적으로 엘리베이터 손잡이를 꽉 잡았지만, 서 있는 것조차 버거운 충격이었다.

"으으 뭐야!"

폭발할 것만 같던 굉음.

껌뻑이는 전등.

어둡고 밝기를 반복하는 엘리베이터 안에서 강서준은 참

았던 숨을 길게 내뱉었다.

다행히 지진은 금방 끝났다.

"……죽는 줄 알았네."

강서준은 한숨을 덜어내며 다시 119에 걸어 봤지만, 연결되지 않았다. 노란색 버튼을 눌러도 대답이 돌아오지 않는 건 똑같았다.

"……어째 불길한데."

어려서부터 감이 좋기로 유명한 그였다. 모골이 송연한 기분에 침을 꼴깍 삼켰다.

그 순간 뚝, 전등이 꺼지면서 엘리베이터는 암흑이 되었다. 핸드폰으로 손전등을 밝혔지만 예전만도 못한 불빛이었다.

그는 엘리베이터 문을 바라봤다.

아무래도 보통 일이 아닌 것 같다.

'나가야겠어.'

강서준은 가능한 한 침착하게 움직이려고 했다. 현재, 그는 지진이 난 아파트의 엘리베이터에 갇혀 있는 상황이었다.

막말로 허공에 떠 있다고 해도 과언이 아닌 셈.

자칫 잘못하면 엘리베이터가 그대로 바닥까지 곤두박질칠 가능성이 있었다. 조심, 또 조심해야 한다.

'열 수 있을까?'

엘리베이터 문을 꽉 쥐고 심호흡을 했다. 기본적으로 쇳덩어리인 엘리베이터는 무거워서 잘 열릴 것 같진 않았다.

'영화를 보면 쉽게 열던데.'

하지만 영화가 괜히 영화일까.

걔네는 하늘도 마음껏 슝슝 날아다닌다. 현실과 영화는 엄연히 다른 경계에 선 것이기에 강서준은 조금 회의적인 생각이 먼저 들었다.

그리고 예상은 맞아떨어졌다.

"흐으읍!"

역시 뻑뻑한 문. 힘을 주니 서서히 양쪽으로 개방되었지만 어딘가 걸린 것처럼 문이 열리다 만 것이다.

강서준은 고개를 들어 일단 바깥을 확인해 봤다.

엘리베이터는 13층에서 12층으로 내려가는 중간에 걸려 있었다.

일단 지금 연 정도는 사람이 빠져나갈 정도의 크기가 아니었다.

'조금만 더…….'

재차 심호흡을 한 강서준이 다시 양쪽 문을 꽉 붙들었다. 이럴 줄 알았으면 평소에 운동이라도 좀 해 둘걸. 근력이 부족한 게 너무 아쉬운 순간이었다.

"흐으으읍!"

하지만 이번에도 실패.

강서준은 긴 숨을 토해 내며 일단 손을 뗐다.

"후우…… 진짜 안 열리네."

혼자서는 결코 열 수 없을 것만 같았다. 역시 구조대원이 올 때까지 기다려야 할까. 강서준이 잠시 고민하는 그때였다.

띠링!

핸드폰 알람이 울렸다.

동시에 그의 눈앞에 드리우는 반투명한 문장이 있었다.

[#0115 채널이 개설되었습니다.]

[환영합니다. 이곳은 '지구 에어리어'입니다.]

[퀘스트가 도착했습니다.]

퀘스트 – 탈출

분류 : 튜토리얼

난이도 : F

조건 : 당신은 엘리베이터에 고립되었습니다. 이곳은 머지않아 '기생수'
에 의해 완전히 잡아먹힐 것입니다. 1분 이내에 '엘리베이터'에서
탈출하십시오.

제한 시간 : 1분

보상 : 투박한 장검

실패 시 : 사망

······이게 뭐야?

허공에 떠 있는 창.

다소 터무니없지만 강서준은 눈앞의 창이 뭔지 알고 있었다. 5년이나 봤던 내용인데 어찌 모르겠는가.

그런데 왜 그게 눈앞에 나타났을까.

스스슷.

아래쪽에서 뭔가가 기어가는 소리가 났다. 갑자기 오한이 들어 몸이 떨려 왔다. 불빛을 아래로 비추니 '뭔가'를 발견할 수 있었다.

"······!"

엘리베이터의 구석에서 정체를 알 수 없는 '검은색의 뭔가'가 쏟아져 나오고 있었다.

수십의 바퀴벌레 떼 같았다.

그건 곧 엘리베이터의 바닥을 점령해 나갔다. 강서준이 선 자리까지 다가오는 것도 금방이었다.

쿠구구궁!

동시에 엘리베이터가 또 흔들렸다. 무심코 퀘스트창을 확인한 그는 남은 시간이 40초라는 걸 알 수 있었다.

"으아아······!"

발끝까지 밀려오는 것들을 피해서 뒤로 물러났다. 조금 열어 놨던 엘리베이터의 양문을 꽉 쥔 그는, 젖 먹던 힘까지 짜낼 수 있었다.

위기의 순간. 사람은 규격 외의 힘을 발휘한다더니.

그가 처한 상황이 딱 그 짝이었다.

"흐아아아아압!"

끼기긱······!

그의 기합에 맞추어 뭔가에 걸렸던 문이 양쪽으로 활짝 개방되었다.

스스스슷!

뒤쪽에서 들려오는 소름 끼치는 소리!

뭔가가 발목에 닿았기에 강서준은 지체하지 않고 활짝 열린 출구로 펄쩍 뛰었다.

올라가면서 튀어나온 철근에 옷이 걸려 찢어졌지만 신경 쓸 겨를이 없었다.

스스스슷…….

어느덧 엘리베이터 안은 검은색 뭔가로 가득 차올랐다. 카운트다운이 0이 되는 순간…… 더는 엘리베이터라 부를 것도 없어졌다.

통로 자체가 흑색으로 물든 것이다.

그 가운데로 빙글빙글 소용돌이치며 뭔가가 열리려고 했다.

강서준은 13층 로비에 겨우 걸터앉으며 침을 꼴깍 삼켰다.

"으아앗!"

발목에 붙어 있던 곤충 한 마리가 강서준의 손에 부딪쳐 날아갔다. 놈은 뿔뿔뿔 다시 엘리베이터 쪽으로 돌아갔다.

그리고.

"……뭐야, 이게."

말은 그렇게 했지만, 사실 그는 저게 무언지 떠올리고 있었다.

게임을 시작할 때마다 오프닝 애니메이션에 등장하는 '그것'이 분명했다. 강서준은 눈을 비벼 봤지만 여전했다.

'혹시 꿈?'

강서준의 눈이 어지러워졌다.

고작 게임에서 봤던 풍경이 왜 여기서 나타나는 걸까. 단순히 중독이라고 보기엔 그는 한 달간 게임을 접다시피 하지 않았던가.

게다가 이런 폐쇄된 엘리베이터에 나타날 만한 것들도 아니었다.

무엇보다.

'너무 생생하잖아.'

그렇다면 저게 진짜 '그것'이라도 되는 걸까.

띠링!

또 들려온 알람.

내용을 확인한 강서준은 미간을 구기며 입술을 잘근 깨물어야 했다.

[퀘스트를 클리어했습니다.]

['투박한 장검'을 지급합니다.]

[새로운 퀘스트가 도착했습니다.]

챙그랑!

눈앞으로 빛과 함께 장검이 생성됐다.

튜토리얼

강서준은 바닥에 덩그러니 떨어진 장검을 손에 쥐었다.

대체 어디서 나타난 거지?

가만히 장검을 쳐다보니 그 위로 문장이 떠올랐다.

투박한 장검
무딘 게 아무것도 못 벨 것 같다.
공격 : 12
등급 : F

'드림 사이드……?'

가장 먼저 떠오른 생각이었다. 하지만 바로 부정했다. 그의 상식으로는 이해할 수 없었기 때문이다.

　게임 속 물건이 현실에 나타났다.

　그게 가당키나 할까.

　게임 페인이 잠시 환상이라도 겪는다는 게 더 설득력이 있었다.

　우웅…….

　하지만, 재촉이라도 하듯 옆에서 이상한 소리가 들려왔다.

　소리를 따라 엘리베이터를 바라본 강서준은 저도 모르게 숨을 삼켰다.

　그곳에서 두 개의 붉은 빛 덩어리가 아스라이 일렁이고 있었다.

　그건 반딧불 같은 게 아니었다.

　키이잇……!

　피처럼 붉은 눈동자.

　코가 썩을 것만 같은 악취.

　키는 130cm 정도로 그의 허리 정도에 그치는 놈이 망치를 쥐고 씩씩거리고 있었다.

　머릿속에서 일련의 정보가 떠올랐다.

　-망치 고블린. 레벨 20.

　미친. 이번엔 게임 속 몬스터라고?

상위0.001%
랭커의귀환

두 눈으로 보고도 믿을 수 없었다.

하지만.

키이이잇!

바로 깨달았다.

저건 고작 폴리곤 덩어리가 아니다.

머리끝까지 털이 쭈뼛 선다.

'……진짜라고?'

살벌하게 눈을 부라리며 놈이 망치를 휘둘렀다. 망치가 애꿎은 바닥을 부수며 큰 소리를 냈다.

콰앙!

그리고 빠르게 달려오는 놈을 피해서 옆으로 뛰었다.

"으아아악!"

그가 있던 자리로 망치가 떨어지면서 대리석 바닥을 산산조각 냈다. 망치 고블린의 부릅뜬 눈이 놓쳐 버린 사냥감을 좇아 움직였다.

그때 강서준은 계단을 통해 도망칠 생각이었다.

[튜토리얼이 진행 중입니다. 이동이 제한됩니다.]

"뭐, 뭐야?"

막다른 길.

강서준은 침을 꼴깍 삼키며 뒤를 돌아보았다.

놈이 그를 노려보고 있었다.

포식자가 피식자를 앞에 뒀을 때나 보일 법한 눈빛.

모든 게 우위에 있다고 확신하는 그 시선 속에서 머리가 새하얗게 번졌다.

키이이잇!

펄쩍 뛴 망치 고블린이 재차 공격을 가해 왔다. 길게 생각할 여유도 없이, 바로 몸을 던졌다.

콰앙!

또 한 번 비켜 간 그것은 벽을 부쉈다.

무시무시한 힘이었다.

'뭐야, 시발…… 진짜 뭐냐고!'

다시금 고개를 돌리는 망치 고블린의 눈이 형형하게 빛났다.

때문일까.

몸이 사시나무처럼 떨려 왔다. 긴장이 그를 잡아먹고 점차 전신을 옥죄어 갔다. 숨이 막혀 왔다.

처음으로 마주한 살기.

'……죽는다!'

다른 생각은 떠오르지도 않았다.

-띠링!

그때였다.

[계정의 연동이 완료되었습니다.]

['서비스 종료 보상'이 지급됩니다.]

[!]

[해당 보상이 플레이어의 수준을 월등히 뛰어넘습니다. 밸런스 조정이 필요합니다.]

[일부 기능이 제한됩니다.]

그 순간.

머릿속을 잠식해 가던 공포가 먹으로 지우듯 사라졌다.

패닉에 빠졌던 정신머리를 뜯어고치자, 망치 고블린의 모습이 제대로 보이기 시작했다.

'작다.'

말 그대로 어린아이가 망치를 들고 휘두르는 꼴이었다. 생긴 건 끔찍하게 생겼지만 사실 무서워할 필요가 없는 상대였다.

고작 망치 고블린.

F급 던전에서나 볼 법한 잡몹.

드림 사이드에선 거들떠도 보지 않았던 몬스터였다. 제아무리 초보자라고 해도 잘만 공략한다면 충분히 쓰러트릴 수도 있는 것이다.

하물며 여긴 조금 '특수한 환경'일 터.

정말 이곳이 그곳이라면…….

'내가 불리할 건 하나도 없다.'

차츰 심장박동도 가라앉았고, 깨끗해진 시야 너머로 더욱 침착하게 상황을 재구성할 수 있었다.

'뭐가 됐든, 저놈은 내게 적대적이야. 쓰러트리지 않으면 내가 위험해.'

싸우는 이유는 그것으로 충분했다.

강서준은 다소 얌전해진 자신의 손을 내려다보며 장검을 꽉 쥐었다. 마침 망치 고블린이 괴성을 지르며 달려오기 시작했다.

키아아아앗!

'쫄지 마.'

이번엔 물러서기보다 한 걸음 앞으로 내디딘다. 망치 고블린과의 거리가 그만큼 가까워졌다.

'공격 거리는 내가 더 길어.'

초등학생만 한 작은 키와 작은 망치였다. 벽을 부숴 댈 정도로 강력한 힘이 실린 공격도 결국 안 맞으면 그만이었다.

'처음부터 유리한 건 나였어.'

강서준은 눈을 빛내며 타이밍을 쟀다. 뭣도 모르고 망치 고블린이 펄쩍 뛰어오른 순간, 그의 검이 빛살처럼 놈의 가슴팍을 찔러 넣었다.

키이익?

살을 파고드는 기분 나쁜 감촉과 함께 뜨거운 피가 얼굴에 튀었다. 피가 장검을 타고 뚝뚝 흘러내리는 것이 느릿하게 보였다.

망치는 툭, 아래로 떨어졌다.

붉은 시야 너머로 망치 고블린이 축 늘어졌다.

끝난 건가.

"……아니."

고개를 가로저었다.

강서준은 입술을 잘근 깨물며 옆을 바라봤다. 기괴한 울음이 연달아 터지면서 붉은 빛 덩어리가 엘리베이터 쪽에서 또 일렁이고 있었다.

'이게 진짜 게임이라면 못해도 다섯 마리는 더 나오겠지.'

종전에 읽은 반투명한 창.

거기엔 이 상황을 '튜토리얼 퀘스트'라고 알려 주는 내용이 있었다.

그렇다면 이 뒤의 흐름은 알 법하다.

고작 한 마리의 몬스터?

드림 사이드의 튜토리얼이 그리 호락호락할 리가 없지.

강서준은 숨을 고루 내쉬며 장검을 꽉 쥐었다.

그나마 다행인 건, 이 상황을 해결할 방법도 마침 떠올렸다는 점이다.

'할 수 있을까?'

그는 밀려오는 불안을 애써 밀어내며 앞으로 나섰다. 생각이 행동으로 이어지는 과정은 무척 짧았다.

그게 이상하게 느껴졌지만 일단 눈앞의 일에 집중했다.

'해야만 해.'

이 상황을 타개할 방법은 간단했다.

필요한 건 적진으로 겁도 없이 뛰어들 수 있는 용기.

크르르륵!

그의 검이 정면으로 달려나오는 망치 고블린의 목을 찔렀다. 갑작스러운 기습이라 그런지 대응조차 못한 녀석의 망치가 바닥에 떨어졌다.

푸슈욱!

강서준은 무아지경으로 검을 휘둘렀다. 뒤늦게 밖으로 나오는 망치 고블린의 심장을 찔렀다. 배에 구멍을 내고 목을 쳤다. 그의 후드 티가 피로 적셔질 때까지 공격은 계속됐다.

상황은 꽤 쉽게 이어졌다.

아직 바깥에 적응하기도 전에 벌어진 기습. 결국 망치 고블린은 반항조차 못하고 속속들이 주검이 되어 쓰러져야만 했다.

마침내 알람이 울렸다.

[!]

[퀘스트의 목표치를 초과 달성했습니다.]

[당신은 13F 몬스터를 전원 소탕했습니다.]

[칭호 '비겁한 학살자'를 획득했습니다.]

[망치 고블린이 당신을 싫어합니다.]

[보상으로 '허름한 누더기 옷 세트'를 지급합니다.]

다시 허공에 나타난 아이템.

'이건…….'

상의부터 하의까지. 누렇고 해진 옷이 세트로 나타나 바닥에 깔렸다.

동시에 몸에 스며드는 경험치를 알 수 있었다.

확신이 생겼다.

'정말 게임이야.'

여전히 믿기 어려웠지만 눈앞에서 벌어지는 일을 아니라고 주장할 수는 없는 노릇.

그는 빠르게 머리를 굴렸다.

'오늘이 정식 오픈 일이긴 한데.'

지금 이게 설마 '드림 사이드 2'인 건가? 현실로 등장한 게임? 증강현실도 이보다 정교할 수는 없을 것이다.

CG도 티가 나기 마련이니까.

'무엇보다 고작 게임이 현실에 이만한 영향을 줄 수도 없어.'

한편으로는 이런 생각도 들었다.

'나는 왜 이렇게 침착하지?'

갑자기 현실로 튀어나온 망치 고블린을 죽이는 게 너무 자연스러웠다.

처음엔 당황했지만, 곧 빈틈을 찾아 찌르지 않았던가. 그 이후로 겁도 없이 놈들을 학살했다.

평생 검 한 번 손에 쥐어 본 적이 없는 그가.

그는 불현듯 시야를 가렸던 메시지 목록을 떠올렸다. 생각해 보면 그가 침착해진 건 그때부터였다.

강서준은 혹시나 하는 마음에 한 가지 단어를 떠올려 봤다.

'상태창.'

그러자 정말 창이 나타났다.

상태창

이름 : 강서준 – Lv. 1
나이 : 29세
직업 : 무직
스텟 : [근력 5], [민첩 5], [체력 5], [마력 5]
고유 스킬 : [천무지체(S)]

*플레이어의 수준이 낮아, 천무지체(S)는 제한되었습니다. 해당 스킬의 일부만 사용할 수 있습니다.
현재 활성화된 스킬 : [침착(F)]

강서준의 눈이 빛났다.

천무지체.

그가 숱한 노가다 끝에 얻어 낸 고유 능력이 아니던가.

무려 한 달에 걸친 노가다의 성과였다.

그런데 왜 이게 여기에 있지?

이건 드림 사이드 1의 스킬인데.

'설마…… 섭종 보상?'

강서준은 가만히 미간을 좁혔다.

드림 사이드.

한때 엄청난 인기를 구가했던 몰락한 온라인 게임.

이 게임의 흥망성쇠는 아이러니하게도 단 하나 때문이었다.

'극악의 난이도.'

기본 조작부터 다른 RPG게임과는 다르게 고도의 컨트롤을 요구했다. 스킬을 발동할 때마다 각 커맨드를 따로 입력해야만 한 것이다.

'마법 하나를 쓸 때에도 주문을 매번 타이핑해야 하는 번거로움이 있었어.'

생소하면서 독특한 시스템.

고작 A버튼 하나로 스킬이 발동되는 여타 다른 RPG게임과는 커다란 차별점이었다.

하지만 게임의 난이도를 올리는 요소는 사실 그게 아니었다.

'단 세 개의 목숨.'

게임 주제에 단 세 번만 죽으면 캐릭터 정보 자체가 삭제된다. 이 독특한 설정이 초기에 대단한 인기를 구가하게 만든 요인이자, 훗날 망겜 소리가 절로 나오는 가장 큰 이유였다.

'고인물도 없다시피 했지.'

랭커는 있어도 각 수준 편차가 심했다. 상위 12명은 탈인간이라 불릴 정도의 천상계 유저로 통했지만 그다음부터는 달랐다.

13위부터는 평범했다.

그만큼 12와 13위의 차이가 큰 것이다.

마찬가지로 100위와 101위의 차이는 컸고, 1,000위와 1,001위의 차이는 더 컸다.

그도 그렇다.

삐끗하면 캐릭터 정보가 날아가는데 어찌 잘 키우겠는가. 그 흔한 스트리머나 너튜버도 기피하는 게임인 것이다.

그러니 5년 차 플레이어, 심지어 랭킹 1위에 등극한 '케이' 같은 이들은 얼마나 억울했을까.

서비스 종료.

그들은 게임 자체가 사라져서 캐릭터를 모조리 잃어버릴 상황이었다. 열심히 살아왔는데 지구가 멸망하는 꼴이었다.

하지만 여기서 재밌는 설문 조사가 있었다.

[드림 사이드 2로 가져가고 싶은 게 있나요?]
[3개만 고르세요.]

무인도에 갈 때 뭐 챙겨 갈래? 하는 식의 질문이었다. 고인물들은 약간의 기대를 품고 제출했다.

고인물 대접이라도 해 주려나.

이를 두고 '섭종 보상'이라는 신조어까지 만들어 가며 고인물은 드림 사이드 1을 마무리했다.

못해도 성장팩이라도 주길 바라는 마음을 품으며.

하나 진짜 섭종 보상을 줄지는 아무도 모르는 일이었다. 드림 사이드 2가 정식으로 오픈하기 전까지는 말이다.

'이걸 주네…….'

반쯤 믿지 못한 채로 써 내려갔던 그 날을 후회했다.

기왕이면 「이기어검술」, 「뇌신」 같은 사기급 기술이나, 「재앙의 유성검」 같은 신화급 장비를 적어 놓을걸.

강서준은 어깨를 으쓱이며 머리를 털었다.

[천무지체]

전투에 최적화합니다.

관련 스킬이 봉인되어 있습니다. 조건을 충족시키면 자동으로 활성화됩니다.

생각해 보면 이보다 좋은 건 없다.

전투에 최적화한다니! 무기 제한이 없다니!

현실에서 겪으니 더더욱 체감했다.

'검을 처음 써 보는데도 오래 써 본 듯 익숙했어.'

게다가 천무지체는 현실에서 의외의 효능을 가졌다. 게임에선 전혀 신경도 안 쓰던 부분이 이곳에선 무엇보다 중요해진 것이다.

'정신.'

아무리 목숨이 세 개짜리라고 해도 고작 게임에 불과했던 것에 비해, 진짜 현실에서 마주한 전투는 차원이 달랐다.

고블린이 내쉬는 숨소리, 악취, 위압감…… 모든 것이 생생했고 자칫 작은 실수 한 번으로 저 멀리 요단강을 건넜을지도 모르는 일이었다.

하지만 천무지체는 말 그대로 '전투에 최적화하는 능력'이었다.

비록 스킬의 일부가 제한되었지만, 그는 천무지체의 기능인 '침착'을 활성화시킬 수 있었다.

강서준은 현 상황에 대한 이해를 더 빠르게 해낼 수 있었다.

'……두 개의 섭종 보상이 더 있겠네.'

적었던 섭종 보상은 세 개. 현재 활성화된 건 '천무지체' 하나.

하지만 나머지는 꺼내 봤자 소용없을 게임 후반부의 아이템이었다. 꺼내도 제대로 쓰지 못하리라.

'됐어. 나중에 생각하자.'

지금은 섭종 보상을 떠올릴 때가 아니었다.

쾅! 쾅! 쾅! 쾅!

슬슬 들리기 시작한 커다란 울림.

일정한 횟수로 내려치는 소음은 딱 하나를 설명해 줬다.

마침 퀘스트 알람도 울렸다.

[새로운 퀘스트가 도착했습니다.]

퀘스트 - 던전화

분류 : 튜토리얼
난이도 : F
조건 : 아이포크 103동에 기생수가 나타났습니다. 망치질이 모두 끝나면 '던전 오염된 몰리의 나무(F)'가 생성됩니다. 던전화가 진행되는 '아이포크 103동 5-6라인'을 벗어나십시오.
제한 시간 : 10분
보상 : 기초 생존 키트

실패 시 : 사망

*현재 튜토리얼이 진행 중입니다. 몬스터의 수준이 조정됩니다.

마지막으로 얄미운 메시지는 덤이었다.

[그럼 즐거운 플레이하세요. 행운을 빕니다!]

～❈～

점차 아이포크 103동은 요란스러워지기 시작했다.
"뭐, 뭐야!"
"살려 줘!"
"꺄아아악!"
"괴물……!"
쾅! 쾅! 쾅! 쾅!
주기적으로 울리는 요란한 망치질 소리.
곳곳에서 터져 나온 비명들.
순식간에 평온한 아파트는 전쟁터를 방불케 하는 소음의
진원지가 되었다.
그 한복판에 선 강서준은 가만히 미간을 찌푸렸다.
'이건 시작에 불과해.'

퀘스트의 내용으로 미루어 보면 머지않아 이곳은 '오염된 몰리의 나무'라는 던전이 될 것이다.

남아 있는 시간은 고작 10분.

앞으로 아이포크 103동 5-6라인은 지금보다 더욱 요란스러워질 예정이었다.

당연했다.

시간이 흐를수록 몬스터의 숫자는 많아질 것이고, 방금 처치한 망치 고블린의 몇 배는 될 숫자가 유입될 테니까.

어쩌면 집 안에 몬스터가 나타날지도 몰랐다.

던전이 된다는 건 그런 의미였다.

'수많은 사람이 죽어 나갈 거야.'

던전화.

기생수의 침식으로 인하여, 평범한 공간도 몬스터가 득실거리는 던전으로 바뀌는 현상.

드림 사이드의 가장 핵심적인 콘텐츠였다.

한숨부터 흘러나온다.

"하필 여기서……."

그가 선 곳은 서울의 고급 아파트.

여기서 즉시전력감이 될 만한 사람이 과연 몇이나 될까.

'플레이어가 아니고서야, 망치 고블린과 싸우는 건 불가능해.'

총이라도 있다면 모를까.

현실적으로 일개 평범한 시민에 불과한 아파트 주민들이 몬스터를 대적할 여력은 없을 것이다.

그것이 드림 사이드 1과의 큰 차이점이었다.

'거긴 던전화 이전부터 몬스터가 필드 밖을 돌아다니는 세계였으니까.'

또한 그곳엔 NPC라고 해도 기사가 있었고, 각자 험한 세상을 살아가느라 검을 쥔 이들도 적지 않았다.

즉 전제부터 다른 것이다.

'이곳엔 예비역은 있어도 총은 없어.'

아니, 총은커녕 무기조차 없다.

검? 한국에서 검을 소지하는 건 불법이다. 기껏해야 식칼 정도겠지만…… 그것으로 망치 고블린을 어찌 상대할까.

이곳은 너무 오랫동안 평화로웠다.

아이러니하지만, 그 평화가 지금처럼 긴박한 상황에선 독이 되는 것이다.

'게다가 여긴 너무 좁아.'

아파트라는 특성상 복도와 계단이 움직일 수 있는 공간의 전부였다.

적어도 아이포크 103동 5-6라인의 사람들은 빼도 박도 못하고 몬스터들을 근거리에서 마주해야만 한다.

버틸 수 있을까?

강서준은 고개를 가로저었다.

그래서 벌어진 게 눈앞의 현실이었다.

"으아아아!"

소리는 위와 아래, 동시에 들려왔다.

어느 쪽을 향하더라도 몬스터는 있다는 증거.

강서준은 미간을 좁히며 생각을 정리했다.

'13F 몬스터는 소탕했다고 했어.'

몬스터는 각 층마다 존재하되, 해당 층을 벗어나질 못할 것이다. 그가 서 있는 13층으로 몬스터가 올라오거나 내려오지 않는 걸 보면 확실했다.

그나마 좋은 정보였다.

'퀘스트는 10분 이내에 여길 탈출하면 클리어야.'

그 방법은 의외로 쉬웠다. 마침 그가 13층에 있기에 할 수 있는 맞춤형 방법이 있었다.

강서준은 계단 위를 올려다봤다.

'이 위로 올라가면 돼.'

조건은 아파트를 탈출하는 게 아니다. 5-6라인만 벗어난다면 던전화 현상에서 안전할 수 있었다.

즉, 옥상을 통해 3-4라인으로 건너가기만 해도 된다. 18층 건물이니 앞으로 5층만 올라가면 될 일.

5층 정도의 몬스터를 쓰러트리면서 올라가는 건, 어떻게든 해낼 수 있을 것이다.

'하지만 그래선 전부 죽겠지.'

다시 말하지만 10분 후면 이곳은 던전이 된다. 그가 퀘스트를 클리어하는 것과 별개로, 이곳의 '던전화'는 정해진 수순이었다.

강서준은 한숨으로 미련을 털어 냈다.

어쩌면 처음부터 그가 해야 할 일은 정해져 있는 건지도 모른다.

'던전화가 진행되기 전에 이곳을 탈출하라고? 웃기는 소리!'

드림 사이드의 고인물이라면 누구나 알고 있는 상식이 있다.

보이는 게 전부가 아니다.

심지어 퀘스트 조건마저 눈에 보이는 게 전부가 아니었다. 때로는 그 조건을 뛰어넘는 결과를 찾아내야만 진정한 클리어라는 걸 할 수 있다.

"후우……."

강서준은 여전히 비명이 도사리는 아파트의 내부를 둘러보며 숨을 천천히 내뱉었다. 아이러니하지만 아직 비명이 들린다는 건 희소식이었다.

누군가 살아 있다는 거니까.

어떻게든 목숨이 붙어 있단 거니까.

'튜토리얼 퀘스트는 그렇게 깨는 게 아니야.'

그는 방법을 알고 있었다.

조금 위험하겠지만 그 혼자만 살아남는 게 아니라, 이곳의 수많은 사람도 동시에 살릴 최고의 한 수.

다른 누구도 아닌 '랭킹 1위 케이'의 플레이어였던 강서준이라면 할 수 있을 것이다.

'던전을 공략하자.'

던전에서 도망치는 게 능사가 아니라면 던전을 공략하면 된다. 원인 자체를 제거해 버리면 상황은 어떻게든 뒤집어지기 마련이니까.

'막말로 튜토리얼에 들어온 캐릭터로 보스 몬스터를 죽이겠다는 터무니없는 발상일 테지만.'

그는 해낸 적이 있었다.

괜히 랭킹 1위일까.

'그것밖에 방법은 없어.'

결정을 내렸다면 행동에 머뭇거림은 없어야 한다. 입술을 잘근 깨문 그는 계단 아래를 내려다봤다.

보스는 아마 아래에 있을 것이다.

기생수가 아래에서 올라왔으니까.

'하지만 계단으로는 못 내려가. 아파트 주민들이 대피할 수 있는 유일한 통로니까. 전부 몰려나올 거야.'

좁은 계단.

막혀 버린 길.

거기서 망치 고블린의 습격을 당한다면?

'……답도 없군.'

전투조차 못 하고 패닉에 빠져 죽음까지 고속으로 치달을 것이다.

또한 시간도 모자라겠지.

13층에서 얼마나 내려가야 그 목적지에 다다를까. 어쩌면 아래로 내려가다 10분이 지나 버릴 수도 있었다.

'다른 길을 찾아야 해.'

위도…… 아래도 안 된다면.

강서준의 눈이 날카롭게 빛났다.

"조금 미친 짓인 것 같지만……."

그는 망치 고블린이 튀어나왔던 기생수의 몸통을 지그시 노려봤다. 소용돌이치듯 열린 공간은 덩그러니 그곳에 있었다.

"이 선택이 실수라면 바로 먹히겠지?"

본래라면 기생수에게 몸이 닿자마자 바로 빨려 들어가 소화되는 게 정상일 것이다. 하지만 당장 저 포탈이 존재한다는 건 기생수가 침식을 멈췄다는 걸 의미한다.

만약 먹혔다면 진즉에 망치 고블린부터 먹혔겠지.

그러니 괜찮을 거다.

"후…… 까짓 거 해 보자고."

[스킬, '침착(F)'을 발동합니다.]

그는 심호흡을 하고 앞으로 걸음을 내디뎠다.

⚜

띠링!

['오염된 몰리의 비밀스러운 씨앗방'을 발견했습니다.]

나지막이 울리는 알림과 함께, 강서준은 참았던 숨을 토해 냈다. 눈만 깜빡이는 사이, 새카만 어둠이 밀려가고 다소 넓은 공간이 나왔다.

기생수의 몸통에 난 포탈.

망치 고블린이 유입된 그곳까지 직통으로 연결된 통로는 계획대로 그가 원하는 곳으로 이동시켜 준 모양이었다.

'여긴⋯⋯.'

지하 주차장.

바로 가까운 구조물 뒤에 숨어 주변을 둘러보니, 곳곳에 기생수의 뿌리가 내려앉은 걸 확인할 수 있었다.

제대로 찾아온 것이다.

'성공했어.'

그는 망치 고블린들이 여러 갈래로 생성된 검은 구멍으로 몸을 내던지는 것도 확인했다.

아마 층마다 연결된 통로이리라.

그도 방금 저걸 타고 이곳으로 내려온 것이다.

쾅─! 쾅─!

들려오는 망치 소리.

고개를 돌려 확인하니 기생수의 근처에서 커다란 망치를 휘두르는 고블린을 볼 수 있었다.

한눈에 봐도 저놈이 원흉이었다.

'오염된 몰리'라.

'……크잖아?'

어느 정도 클 줄은 알았지만 저 정도일 줄이야.

정말 고블린 맞아?

일반적인 고블린이 130cm 수준의 크기라면 저놈은 가뿐히 2m는 넘길 것 같았다.

근육도 상당했다.

하의는 찢어진 청바지에, 위는 초록색 피부가 도드라지는 근육.

영화야? 고블린보다는 다른 걸 상상하게 만드는 외형. 괜히 저놈 앞에서는 힘자랑을 하면 안 될 것 같다.

화나면 엄청 무섭겠지.

역시 모니터로 볼 때와는 느껴지는 존재감이 차원이 달랐다.

'저놈이 이 던전의 차기 보스가 되겠지.'

일반적으로 던전의 보스는 수십 명이 들러붙어야 겨우 승리할 수 있는 난적이었다.

그조차 쉽게 승부를 장담하지 못한다.

던전 보스에게 비명횡사한 플레이어가 어디 한둘일까. 고인물조차 종종 던전 보스에게 죽어 캐릭터가 삭제되는 일이 파다한 게 드림 사이드였다.

고작 F급 던전 보스라고 해도 무시할 수 없었다.

하지만 다시 말하자면 '던전의 보스'나 그렇다는 거다.

'여긴 아직 던전이 아니야.'

정확히는 던전화 직전의 '튜토리얼 퀘스트' 중이었다. 해서 이때만 해낼 수 있는 공략법이 따로 있었다.

강서준은 숨을 고루 내쉬며 일단 몸을 숨겼다.

'시간이 필요해.'

퀘스트창을 확인하며 던전화까지 남은 시간을 더 기다려 봤다. 지금도 위층에서 수많은 사람이 희생당하고 있을 테지만 조급해하진 않았다.

섣불리 나서 봤자 일만 그르칠 터.

신중하자.

강서준은 호흡을 정돈하며 긴장감을 털어 냈다.

퀘스트창만을 집중해서 바라본다.

'남은 시간은······.'

그렇게 1분을 남긴 시점이었다.

몰리가 제 몸보다 커다란 망치를 위로 들고 숨을 고르기 시작했다. 강서준이 기다렸던 순간이었다.

'던전화가 진행되는 마지막 순간. 어떤 놈이든 숨 고르기로 들어가기 마련이지.'

원래 변신할 때나 무언가가 크게 변할 때는 무방비가 되는 게 국룰. 특히 드림 사이드의 던전화 과정에선 크게 도드라진다.

강서준은 자신의 생각이 맞았음을 확신하며 검을 꽉 쥐었다. 그리고 몰리와의 거리를 쟀다.

1분이면 충분히 도달하고도 남을 시간.

'기회는 한 번이야.'

도처에 깔린 망치 고블린이 몰리를 에워싸고 지키고 있었다. 남아 있는 시간은 곧 초 단위로 줄어들었고, 실패한다면 강서준은 물론 103동 5-6라인의 생존자들은 결코 살아남을 수 없을 것이다.

그 무게가 어깨를 짓눌렀다.

괜히 심장이 떨려서 멀미가 난다.

'……성공하면 될 일.'

[스킬, '침착(F)'을 발동합니다.]

심호흡을 통해 복잡한 생각은 미뤄 뒀다. 천무지체의 기능인 '침착'이 그의 떨림을 막아 주고, 오로지 한 점에 집중하도록 도왔다.

그래.

망설이지 말자.

하지 않으면 먹힌다.

그것 말고, 지금 중요한 건 없다.

키이이이익!

미끄러지듯 주차장을 가로질러 몰리를 겨냥했다. 주변을 경계하던 망치 고블린이 견제를 해 왔지만 돌진은 멈추지 않았다.

목적은 하나.

놈의 목.

강서준은 도처에 주차된 자동차의 위로 올라 펄쩍 뛰었고, 망치 고블린들이 그를 따라왔지만 미세한 차이로 놓치고 말았다.

칭호의 효과였다.

[칭호, '비겁한 학살자'를 착용합니다.]
[칭호, '비겁한 학살자'의 영향으로 고블린의 분노가 강해집니다.]
[고블린의 주먹에 분노가 쌓여 더욱 강한 힘이 집중됩니다.]

여기까지만 본다면 하등 쓸모없고 위협적인 디버프. 하나

괜히 이걸 착용한 게 아니었다.

[고블린은 분노에 사로잡혀 상황 판단력이 흐려집니다.]

　망치 고블린의 행동에 머뭇거림이 생겨났다. 머리가 내리는 지시를 몸이 따라가질 못해 생겨나는 일시적인 둔화였다.
　강서준은 오로지 회피에 집중하며 앞으로 나아갔다.
　'남은 건 몇 초지?'
　빠르게 내달리며 자세를 잡는다. 깜짝 놀란 몰리가 그를 향해 몸을 비틀었다. 이윽고 놈이 커다란 망치를 그에게 휘둘렀다.
　후우웅!
　가까스로 머리 위를 스쳐 가는 망치!
　몰리는 억지로 몸을 움직였는지 몰리의 코엔 피가 주륵 흘렀다.
　그리고 무리한 공격의 여파와 '비겁한 학살자'의 칭호 때문에 몰리의 움직임엔 미세하게 렉이 생겨나고 있었다.
　강서준은 빈틈을 놓치지 않았다.
　'지금!'
　던전화의 마지막 순간…… 숨 고르기.
　이때의 몬스터는 치명적으로 약해진다.
　그건 드림 사이드만의 특징.

스거걱!

날카로운 절삭음과 함께 몰리의 목에 매끄러운 단면이 드러나고 있었다.

━━◆◆◆━━

「안녕하십니까. 굿모닝 아침의 소이현입니다. 오늘의 날씨 정보입니다. 전국이 대체로 맑은 가운데 미세먼지 농도는 좋음을 유지하며, 화창한 가을 날씨가 예상되는데요…….」

전복된 자동차 안에서 나지막이 흘러나온 라디오 음성. 뚝뚝 떨어지는 핏방울 위로 햇살이 드리웠다.

여느 때와 똑같았어야 할 평범한 아침.

하지만 오늘은 달랐다.

상쾌한 공기가 아닌 피비린내가 코를 찌르고, 매캐한 연기가 시야를 가렸다.

불과 10분.

새벽 6시를 기점으로 발생한 이상 현상은 순식간에 한국 전역을 점령했다.

때문에 인터넷은 뜨겁게 불타올랐고, 도심 곳곳에서 벌어지는 심상치 않은 일들이 보도되기 시작했다.

[피로 물든 거리…… 전쟁터가 된 서울]

[도심에 나타난 정체불명의 괴물?]

['드림 사이드 2', 괴물의 정체는 게임 속 몬스터!]

실시간 인기 검색어부터 뉴스의 헤드라인까지 모두 한 가지 주제만을 다뤘다.

현실이 된 게임, 드림 사이드.

벌써 수백 명이 죽었다는 예측이 나왔다. 정부 관계자는 이를 두고 일단 부인하며 언론을 통제했고, 인터넷으로 소식을 들은 네티즌은 드림 사이드에 대해서 반신반의하는 편이었다.

그리고 그즈음의 최하나는 핸드폰을 보면서 생각했다.

'진짜 드림 사이드……?'

너튜브 인기 순위를 순식간에 치고 올라온 영상이 있었다. '광화문 직캠'이라는 이름의 영상 속에는 다소 터무니없지만 그녀가 너무나도 잘 아는 게임 속 모습이 담겨 있었다.

'던전화.'

어찌 모를까.

그녀는 드림 사이드의 랭커.

숱한 시간을 보내 온 만큼 그곳에 대한 정보가 빠삭했다. 하지만 상황에 대한 이해를 바로 현실로 납득하는 건 별개의 문제였다.

최하나는 곰곰이 고민에 빠졌다.

이 영상이 사실일까?

공교롭게도 인기 검색어를 장악한 드림 사이드와 종종 들려오는 바깥의 소음이 심상치 않았다.

그때 문이 열리면서 매니저가 나타났다.

"이게 다 무슨 일이라니. 하나야, 오늘 스케줄은 전부 취소됐고, 일단 숙소로 이동할 거야. 준비해."

"매니저 오빠, 이거 봤어요?"

"핸드폰은 언제 챙겼니? 사용 금지라고 했잖아. 지난번에 대표님에게 그렇게 한 소리 듣고 또……."

인기가요 촬영이 있던 오늘.

새벽부터 사전 녹화를 대기 중이던 최하나는 곰같이 생긴 매니저에게 자신이 봤던 너튜브 영상을 보여 줬다.

"영화야?"

"아뇨. 여기 광화문 직캠이에요. 그보다 오빠는 어떻게 생각해요?"

"……뭘?"

광화문 한복판에 생성된 우물.

거기서 도마뱀같이 생긴 게 창을 들고 튀어나와 사람들을 찔러 댔다. 최하나는 그것의 정체를 바로 파악했다.

'리자드맨.'

창술에 능하고 집단행동을 하는 개체였다. 던전의 규모가 커지면 군단 규모로 움직이기에 초장에 죽여 놔야 우환이 없는 놈들.

가능하면 지금 죽여 두면 좋을 텐데.

"이것도 봐요."

또 다른 영상.

이번엔 남산타워였다.

정상엔 익룡 같은 것들이 무리를 이루고 편대비행을 개시했다.

레드 와이번.

불을 내뿜고 시속 100km로 고공을 주파하는 놈이다. 사정거리가 긴 편이라 둥지를 틀게 두면 곤란했다.

저런.

벌써 남산타워에 둥지를 튼 거야?

"이것도……."

"하나야. 또 드림 사이드니?"

"네?"

"핸드폰 압수야."

매니저가 대뜸 최하나의 핸드폰을 가져가 버렸다. 곰 같은 덩치에 속도는 어찌나 빠른지! 최하나는 눈 뜨고 코 베인 얼굴을 했다.

이곳 사전 녹화가 진행되는 목동 SBC 근처로는 아직 몬스터가 등장하지 않았기 때문일까.

흉흉한 세상 소식이 슬슬 인터넷의 수면 위로 올라오고 있었는데 매니저는 아직 알아차리지 못한 눈치였다.

"돌려주세요."

"안 돼."

"지금 이럴 때가 아니라니까요."

"대표님에게 드릴 테니까, 대표님에게 받아 가."

칼같이 단호한 대답에 최하나는 입술을 잘근 깨물었다. 골똘히 머리를 굴려 봤지만 매니저에게 핸드폰을 되찾을 방법이 마땅치 않았다.

말이라도 들어야 설득이 되는 법.

한 번 아니라고 주장한 것에는 굽히질 않는 매니저의 단호한 성격을 알기에 그녀는 더욱 곤란했다.

하지만 그녀는 포기할 수 없었다.

"오빠, 저 진지해요. 돌려주세요."

"하…… 하나야. 너 진짜 그러다 병원으로 가는 수가 있어. 그간 네 이미지 생각해서 안 그랬는데 자꾸 이러면 우리도 어쩔 수 없다?"

"오빠, 제발요."

인터넷에 떠도는 정보 하나.

–열쇠는 드림 사이드에 있다.

그리고 곳곳에서 드림 사이드의 플레이어로 각성하고 있다는 소식이 SNS를 타고 퍼지고 있었다.

게임 속 캐릭터처럼 '퀘스트'가 주어지고, '상태창'이 보이며, 아이템을 쓸 수도 있다고 했다.

심지어 '섭종 보상'도 주어진다고 했다.

하지만 그 모든 일은 '핸드폰'이 있어야 가능했다. 계정의 연동이 그것을 매개로 한다는 소문이었다.

"이러다 우리 진짜 큰일 나요!"

그때였다.

쿠구구궁!

갑자기 땅이 엄청나게 흔들리면서 주변 잡기들이 바닥으로 떨어졌다. 대단한 굉음 속에서 최하나와 매니저는 균형을 잃고 엉덩방아를 찧고 말았다.

최하나는 그 상황이 달갑지 않았다.

이 흐름…… 그녀는 무슨 일이 벌어질지 알고 있었다.

최하나는 이를 악물고 억지로 매니저의 손에서 핸드폰을 낚아챘다.

"하나야! 위험해!"

곧 핸드폰이 울렸다.

튜토리얼 알림.

미리 알고 있는 만큼 그녀는 할 일을 정리했다. 속으로 '인벤토리'를 떠올리니 바로 눈앞에 떠오르는 창이 있었다.

'진짜 있어.'

랭킹 12위.

마탄의 사수, 클라크.

무기 '총'을 자유자재로 다뤄, 사격 분야로는 랭킹 1위에 다다르는 최하나의 손에 권총이 쥐어졌다.

현실에선 처음인데…… 쏠 수 있을까?

하지만 섭종 보상인 그녀의 파트너 '마탄의 리볼버'가 손에 쥐어지자마자 생각이 바뀌었다.

그어억……!

가까이 열리는 게이트 너머로 몬스터가 모습을 드러냈다. 눈두덩이가 파인 놈이 입을 쩍 벌리니 시체 썩은 내가 확 풍겼다.

구울.

하지만.

타아아앙!

망설임 없이 발사된 총알이 구울의 미간을 꿰뚫었다. 튜토리얼 통과 보상으로 그녀의 앞으로 장검이 생성됐지만 가볍게 무시했다.

그녀의 눈동자엔 단 하나의 사실만이 떠오르고 있었다.

'살아남으려면 케이를 찾아야 해.'

그녀의 권총 '마탄의 리볼버'의 총구에서 연달아 불꽃이 피어올랐다.

출근길 지하철도 최악이었다.

"지 대리님!"

"으아아악!"

달리는 전철 한복판에 튀어나온 던전이었다.

지근거리에서 쏘아진 건 화살!

코볼트였다.

크기는 50cm도 안 될 작은 놈들이 전철 내부를 사방팔방 누볐다. 그저 평범한 직장인에 불과한 현대인이 대처하기엔 너무 날렵한 놈들이었다.

군대에 전역한 지 오래되지 않은 예비역도 상황은 마찬가지였다.

이곳에 총이 있을 리는 없다.

있는 거라곤 한 손에 쥘 법한 커터칼이나 장우산 정도에 그쳤다.

싸움 자체가 성립되지 못했다.

"으아아악!"

속수무책으로 죽어 나가는 사람들.

달리는 전철 안이니만큼 도망칠 곳도 마땅치 않았다. 결국 그들이 도망갈 곳은 단 한 곳.

몬스터가 없는 뒤 칸.

문제는 출근길의 전철은 워낙 사람이 많아 움직이기조차 불가한 상황이라는 것.

"살려 줘!"

"들어가! 들어가라고!"

"으아아아!"

뒤쪽에서 들려오는 괴물의 함성과 공포에 젖은 사람들의 비명이 한데 어우러졌다.

화살이 살갗을 파고드는 소리가 나면 옆에서 피가 튀었다. 눈 먼 화살이 앞쪽으로 꽂히고 누군가 쓰러지는 장면이 바로 보였다.

패닉은 금방 찾아왔다.

"비키라고오……!"

그중 누군가 역방향으로 빠져나왔다. 그의 표정은 가관이었다. 장검을 쥔 손은 긴장감에 떨리고 있었다.

'젠장. 전철 안에서 던전화라니! 선택의 여지가 없잖아!'

튜토리얼 퀘스트로 보아 이 전철은 3분 이내에 던전화가 진행된다. 뒤 칸으로 간들 답은 없는 것이다.

3분 이내에 다음 플랫폼까지 도착할 수는 없으니까.

답은 하나였다.

'던전을 공략하는 수밖에.'

방법은 알고 있었다.

고인물은 아니었지만 그는 꽤 많은 공략 영상을 봐 왔다고 자부했다. 던전화 이전의 보스 몬스터를 상대하는 방법도 이젠 꽤 유명했다.

케이가 그러지 않았는가.

용기를 가져야 한다고.

마침 검도 있다.

괴물을 쓰러트리고 던전을 공략하─.

거기까지 생각했을 때였다.

코볼트들이 킥킥대며 웃고 있었다. 왜지? 그는 생각을 이을 수 없었다. 이미 미간에 꽂힌 화살 때문에 몸이 뒤로 넘어가고 있었으니까.

"끄억……!"

비슷한 상황은 서울 다방면에서 벌어졌다.

누구는 영화관에 갇혔다.

누구는 뻥 뚫린 공원에 갇혔다.

교도소에 던전이 나타나 난장판이 일어나거나 빌딩이 무너지고, 불이 난 백화점 위로 정체를 알 수 없는 괴물이 일렁거렸다.

새벽 6시. 한정된 공간에서 벌어지던 던전화 현상은 시간이 갈수록 점차 세계로 뻗어 나갔다.

"끄아악!"

"시발!"

"살려 줘어어어!"

출근길 경적음이 울려야 할 도로로 비명이 터졌다. 떠오르
는 햇살이 차츰 어두웠던 도시를 비추자 피로 물든 거리가
도드라졌다.

「……다만 옷은 따뜻하게 입으시는 걸 권장합니다. 일교차가 커서 감
기를 특히 주의해야 합니다. 오늘 서울은 최저기온 3도까지 떨어집니.」

콰직!

그것으로 라디오가 끊어졌다.

더는 아무런 소리도 들려오지 않았다.

타닥…… 타다닥…….

그 시각.

국회의사당은 불에 타고 있었다.

동시에 서강대교 위에 갇힌 사람들은 권총을 연달아 발사
하며 나타난 몬스터에 대응했다.

국회의원 박명석은 거친 숨을 토해 내며 달려드는 리자드
맨을 장검으로 찔러 죽였다.

"……의원님!"

복부에 생긴 상처를 꾹 누르는 사이 주변으로 몇 안 남은
경호원이 다가와 그를 부축했다.

하얀 셔츠가 피로 물들어 버렸다.

"괜찮으십니까?"

"나는 괜찮아. 그보다 VIP는?"

"소식이 없습니다. 하지만 마지막으로 들어온 통신으로는……."

박명석은 경호원의 부축을 받아 일어났다. 그리고 다리 난간으로 다가가 무너지는 서울의 정경을 바라봤다.

말 그대로 하루아침에 모든 게 변해 버렸다.

박명석은 배에서 느껴지는 고통인지…… 혹은 숨을 마실 때마다 들어오는 절망인지 모를 것을 삼켰다.

미간이 구겨졌다.

'시간문제야. 모두 모래성인 게야.'

드림 사이드가 현실로 튀어나왔다는 게 무엇을 뜻할까.

그 거지 같은 난이도의 게임이.

꿈도 희망도 없어 보이던 세계관이…….

'곧 이 나라의 미래라는 것.'

박명석은 무심코 떠올렸다.

'그들이라면……?'

드림 사이드의 천외천(天外天).

랭킹 12위의 유저들.

말도 안 되는 플레이와 참신한 공략으로 드림 사이드를 차차 점령해 냈던 그들이라면.

이 난관을 헤쳐 나갈 수도 있지 않을까.

그는 고개를 가로저었다.

'이건 게임이 아니야.'

고작 손가락 좀 잘 놀린다고 전투를 잘하는 건 아니다. 배운 격투기만 여러 개인 경호원들조차 튜토리얼 하나에 반절은 죽어 나가는 게 현실.

회의적일 수밖에 없었다.

"후우……."

그는 검은 연기에 둘러싸인 채 무너져 내리는 국회의사당을 바라봤다. 경호원이 말하길 청와대의 사정도 저것과 비슷하다고 들었다.

"……최악이군."

박명석은 담배 연기보다 더 씁쓸한 아침 공기를 마시며 미간을 구겼다.

그 시각.

강서준은 눈앞에 떠오른 문장을 읽어 내렸다.

[F급 보스 몬스터 '오염된 몰리'를 처치했습니다.]
[숨겨진 엔딩을 발견했습니다.]
['오염된 몰리의 나무'는 던전화에 실패했습니다.]

어디선가 폭죽이 터지는 소리가 나면서 머리가 잘려 나간 몰리의 시체는 가루가 되어 소멸했다.

기생수나 근처에 있던 망치 고블린의 신세도 마찬가지였다.

여전히 지하 주차장은 핏자국이 만연했고 부서진 흔적은 그대로였지만, 그 원인들은 사라진 것이다.

던전화가 실패했기에.

아마 이곳은 앞으로도 던전이 들어설 일은 없을 것이다. 한 번 점령에 실패한 지역은 특별한 일이 있지 않는 한 재차 침식은 불가능하니까.

"흐음⋯⋯."

한편 그의 앞으로 빛이 일렁이더니 파란색 포탈이 나타났다. 몰리의 시체 위로 덩그러니 떠오른 그것이 뭔지는 누구보다 잘 알았다.

'올 게 왔구나.'

튜토리얼 퀘스트 〈선택의 미로〉.

강서준은 길게 숨을 내뱉었다. 막상 이것까지 보고 나니 정신이 번쩍 들었다.

그래.

던전화를 막았다고 게임이 끝나는 건 아니지.

'오히려 시작이야.'

튜토리얼 퀘스트는 말 그대로 본 게임을 시작하는 가이드 북이었다. 이제 그는 수없이 진행할 던전화로부터 생존해야 할 '플레이어'가 된 것이다.

서울, 어쩌면 세계가 그럴 것이다.

드림 사이드는 대륙 전역으로 진행되는 던전화로부터 살아남는 아포칼립스 던전 게임이었으니까.

고작 2천만 명에 불과하던 대륙을 점령하던 던전화는, 75억의 인구수가 있는 지구로 무대가 바뀐 것이다.

그리고 그는, 그 게임의 랭킹 1위.

케이였다.

선택의 미로

포탈을 넘어 새하얀 공간에 선 강서준은 앞으로 나열된 네 개의 선택지를 확인했다.

게임에서 봤던 그대로였다.

〈이지〉
〈노말〉
〈하드〉
〈헬〉

선택의 미로.

각 난이도마다 나타나는 시련을 클리어하여, 저마다 개성에 맞는 스킬을 보상으로 받는 튜토리얼 퀘스트의 마지막 단계.

여기서 난이도는 단순히 퀘스트의 어려움을 나타내는 지표가 아니었다.

'스킬의 등급.'

어떤 난이도를 선택하는지에 따라서 캐릭터가 가질 스킬의 등급이 결정된다.

'똑같은 스킬이 생성되더라도 이지 난이도가 F급이라면, 헬 난이도는 A급으로 만들어지지.'

물론 이지 난이도를 통과해서 받은 F급 스킬이 A급으로 성장하지 못한다는 얘기는 아니었다.

하지만 시작점이 다르다 보니 아무래도 높은 난이도를 클리어하는 것이 두고두고 유리했다.

'다들 독이 든 성배라고 불렀어.'

하이 리스크 하이 리턴.

높은 위험 부담을 가진 만큼 높은 수준의 보상을 얻는다는 말이 있다.

'아니야. 선택의 미로는 그것으로는 부족해.'

데스 리스크 데스 리턴.

죽을 위기를 넘겨야 보상을 얻는 것이다.

하지만 보상에 눈이 멀어 아무나 쉽게 높은 난이도를 골라선 안 된다. 흔히 고인물들이 뉴비에게 해 주는 첫 번째 조언이었다.

이유는 간단했다.

안 그래도 어려운 게임인 드림 사이드에서 '헬 난이도'라는 건, 절대로 클리어할 수 없다는 말과 같았으니까.

막말로 '이지 난이도'라고 진짜 쉬운 것도 아니었다. 사람들은 우스갯소리로 선택의 미로를 이렇게 말했다.

-어렵고, 더 어렵고, 더욱 어렵고…… 뒤지게 어려운 것.

용기 있는 자만이 '노말 난이도'를 골랐으며, 정말 될성부를 잎인 고인물은 '하드 난이도'를 선택했다.

이조차 한 번에 통과해 낸 자들이 드물었다.

계정을 수십 개나 만들고 실패를 겪은 후에야, 겨우 하드 난이도를 통과할 수 있었다.

그러니 헬 난이도는 어쩌겠는가.

드림 사이드의 역사상 그 누구도 헬 난이도를 통과하지 못했다. 수십, 수백 번을 도전해도 불가능하다는 것이 정설이었으니까.

그랬다.

누구도 통과하지 못했다.

단 '한 사람'만 빼고.

"……이번엔 경우가 조금 다르지 않나."

강서준은 과거에 그랬듯 '헬 난이도'를 선택하려다 머뭇거렸다. 이젠 단순히 게임이 아니라는 사실이, 그를 망설이게 했다.

　'현실에서 목숨은 하나야.'

　게임과 같은 용감한 선택은 다소 곤란했다. 혹여나 계정을 하나 더 만들어서 재도전할 수도 없었으니까.

　죽으면 끝.

　용기는 객기로.

　하지만 그는 이를 악물고 헬 난이도를 꾹 눌렀다.

　"결국 이걸 깨질 못하면 이 게임의 엔딩은 볼 수 없으니까."

　처음부터 선택의 여지는 없었다.

⚜

　잠시 후, 그는 사방이 둘러막힌 새카만 석실 안에 서 있었다. 공기는 눅눅했고, 온도는 서늘한 것이 귀신의 집이라도 들어온 듯 오싹했다.

　그는 오른쪽 상단을 보면서 눈을 크게 떴다.

〈현황판〉

이지 – 130,291명

노말 – 330,215명

하드 – 115,291명

헬 – 120명

현재 선택의 미로로 들어온 사람의 수를 알려 주는 지표였다. 그가 놀란 건 헬 난이도로 무려 120명이나 되는 사람들이 있다는 것이다.

탄식이 나왔다.

"용감하기도 하지……."

아마 저들 중 진짜 고인물은 없을 것이다. 아무렴 그들이 '헬 난이도'를 고를 수가 있을까.

고작 게임에서도 클리어하질 못하는 걸, 어찌 현실에서 플레이할 생각을 하겠어.

물론 '헬 난이도' 공략을 커뮤니티에 올린 적이 있어, 그걸 보고 도전할 사람이 있을지는 몰라도.

'공략 좀 읽는다고 헬 난이도가 쉬워지는 건 아니지.'

강서준은 헬 난이도를 고른 이들의 명복을 빌어 줬다. 그들이 만약 클리어까지 해 준다면 더할 나위 없이 좋겠지만 현실적으로는 불가능한 얘기였다.

'나조차 장담하지 못하니까.'

정작 유일하게 클리어해 봤던 그조차 회의적이었다. 어쩌면 단 1분도 버티지 못할 수도 있었다.

"그래도 가능한 한 많이 살아남길……."

지금도 꾸준히 '선택의 미로'로 접속하는 사람들은 늘어나고 있었다. 모르긴 몰라도, 계정을 생성한 모든 이들이 플레이어가 되고 있었다.

　　인터넷만 끊어지지 않았다면 누구나 드림 사이드 2의 계정은 만들 수 있었으니까.

　　강서준은 상단의 지표를 바라보다, 마른침을 삼키며 시선을 정면으로 돌렸다.

　　사실 남을 걱정할 때가 아니었다.

　　어느덧 그의 앞으로 퀘스트가 나타나 있었다.

퀘스트 – 선택의 미로(헬)

분류 : 튜토리얼
조건 : 각종 테스트를 넘어, 미로를 탈출하세요.
제한 시간 : 없음
보상 : ???
실패 시 : 사망

　　내용은 간단했다.

　　주어지는 테스트에서 어떻게든 살아남아, 미로를 탈출하면 된다.

　　하지만 그게 말처럼 쉬운 일은 아니었다.

　　주어지는 테스트는 단연 '헬 난이도'로 조정됐을 것이며,

그 와중에 미로를 분석해서 탈출까지 해내야 한다.

강서준은 과거 '선택의 미로'를 클리어할 적의 기억을 더듬어 봤다.

'첫 번째 테스트가 분명히 심폐 지구력이었지?'

쿠구구궁!

석실이 통째로 흔들리면서, 그의 주변이 서서히 갈라졌다. 독한 유황 냄새가 나면서 공기가 펄펄 끓었다.

곧, 퀘스트가 도착했다.

퀘스트 – 심폐 지구력 테스트

분류 : 튜토리얼

조건 : 심폐 지구력을 테스트합니다. 차오르는 용암을 피해서 안전지대로 이동하세요.

제한 시간 : 없음

보상 : 체력 +1

실패 시 : 사망

벽, 천장, 바닥에서 용암이 새어 나왔다. 예고도 없이 점차 그가 설 자리가 한 뼘 수준으로 사라졌다.

그 존재감은 생각보다 훨씬 대단했다.

'뜨거워!'

숨쉬기조차 버거웠다.

들이마실 때마다 가슴속으로 가스버너의 불을 올리는 듯

했다.

단순히 시각적인 효과만을 연출하던 게임과는 차원이 달랐다.

게임에선 없던, 고통이었다.

강서준은 미간을 좁히며 입술을 잘근 깨물었다.

이게 고작 심폐 지구력 테스트였다.

'문제는 헬 난이도가 고작 이 정도로 끝날 리가 없다는 건데.'

그는 일단 용암을 피해 앞으로 내달렸다.

목적지는 하나였다.

정면에 생성된 거대한 푸른 기둥.

'안전지대.'

꽤 멀어 보였지만, 이를 악물고 달리면 도착하지 못할 거리도 아니었다. 저곳까지만 도착하면 '심폐 지구력 테스트'는 통과였다.

하지만 강서준은 곧 나타나는 메시지에 미간을 사정없이 구겨야만 했다.

띠링!

[퀘스트가 도착했습니다.]

올 것이 왔다.

퀘스트를 확인조차 안 하고 옆으로 뛰었다. 그가 서 있던 자리로 스쳐 지나가는 게 있었다.

피이이잉!

화살이었다.

모골이 송연해졌다.

새삼스럽지만 '헬 난이도'를 고른 자신이야말로 목숨이 아깝지 않은 용자라는 생각이 들었다.

죽고 싶어서 환장했지.

젠장.

피이이이잉!

강서준은 이를 까뜩 깨물며 다시 옆으로 뛰었다. 뒤쪽은 용암이 밀려왔지만 어쩔 수 없었다.

'다음은 뭐였지?'

이게 노말 난이도였다면 이 정도에서 끝났을 것이다. 하지만 그가 고른 건 뒈지게 어렵다는 헬 난이도.

강서준은 예고된 미래에 불평조차 하지 못했다. 그저 이를 악물고 다리에 힘을 줬다.

[‘퀘스트 – 근력 테스트’가 시작됩니다.]
[팔과 다리에 각 ‘5kg의 모래주머니’가 생성됩니다.]
[성공 시 ‘근력 1’이 보상으로 주어집니다.]

물 먹은 솜처럼 팔과 다리가 무거워졌다. 안 그래도 순발력 테스트를 피하느라 정신이 없는데, 근력 테스트까지 더해진 것이다.

진짜 지랄 맞은 난이도였다.

그때였다.

푸우우욱!

날아온 화살을 미처 피하지 못해 어깻죽지를 관통당하고 말았다. 순간적으로 시야가 새하얗게 변하는 고통 속에서 그는 이를 악물었다.

“흐으으읍……!”

어느덧 용암이 지척까지 다다랐다.

숨을 고를 여유는 없었다.

또 빗발치는 화살.

그는 핏발이 선 눈으로 어깨에 꽂힌 화살을 꺾었다.

정신은 아찔했지만 버텨 냈다.

멈추면 죽는다.

그것만을 떠올렸다.

'버텨…… 하나만 찾으면 돼!'

드드드드!

점차 정면의 복도가 위쪽으로 올라가고 있었다. 그가 달리는 길에 경사가 생겨나면서, 평지는 오르막길로 변했다.

['퀘스트 – 근지구력 테스트'가 시작됩니다.]

[오르막길이 형성됩니다.]

[성공 시, '민첩 1'이 주어집니다.]

폐부까지 느껴지는 뜨거운 공기. 팔다리를 짓누르는 모래주머니의 무게. 통증 때문에 아슬아슬한 시야에, 경사진 땅을 밟아야 하는 부담감까지.

퇴로는 없었다.

'클리어하거나, 죽어야 끝나는 퀘스트.'

이처럼 극단적이니 '헬 난이도'라는 말이 나오는 것이다. 중도 포기? 그런 선택지는 진즉에 없다.

하지만 강서준은 그 상황에서 피식 입꼬리를 올려 웃었다.

오르막길 중간에 듬성듬성 위로 올라온 흔적이 보였기 때문이었다. 그는 나지막이 중얼거렸다.

"찾았다."

['퀘스트 - 시력 테스트'가 시작됩니다.]
[지뢰를 피해 달리십시오.]

그는 망설이지 않고 힘껏 소복하게 올라온 땅을 내리쳤다.

콰아아아앙!

폭발이 생겨나면서 그의 몸이 펄쩍 위로 튕겨 나갔다. 하지만 폭발에서 빠져나온 사람치고는 아무런 상처도 보이지 않았다.

['모래주머니 5kg'은 파괴 불가능한 오브젝트입니다.]
[충격을 상쇄합니다.]

'좋아! 공략이 통한다!'

한 번에 수 미터를 뛰어넘은 그는 곳곳에 산재한 지뢰들을 확인했다. 몰랐다면 저것들조차 피해서 다니느라 죽을 맛이었을 것이다.

강서준은 자세를 정돈하고 다시 앞으로 달려 나갔다. 목표는 당연히 지뢰가 있는 곳이었다.

'화살은 무시하자.'

강서준은 폭발을 이용하여 앞으로 튕겨 나가면서 주요 부위만 모래주머니로 가렸다. 치명상만을 제외하고 몸에 꽂히는 화살들이 괴로웠지만 버텨 냈다.

그렇게 얼마나 날았을까.
우우웅!

[축하합니다! 안전지대에 진입했습니다!]

강서준은 거친 숨을 몰아쉬며, 뒤편을 돌아봤다. 언제 용
암이 흘렀는지 깔끔한 복도의 모습이 보였다.

['퀘스트 – 심폐 지구력 테스트'를 통과했습니다.]
['퀘스트 – 순발력 테스트'를 통과했습니다.]
['퀘스트 – 근력 테스트'를 통과했습니다.]
['퀘스트 – 근지구력 테스트'를 통과했습니다.]
['퀘스트 – 시력 테스트'를 통과했습니다.]
[경험치를 대량으로 획득했습니다.]
[레벨이 올랐습니다.]
[레벨이 올랐습니다.]
……중략……
[고유 스킬, '천무지체'의 일부 기능이 활성화되었습니다.]
[스킬, '류안(流眼)'이 활성화되었습니다.]

데스 리스크 데스 리턴.
죽을 고생을 넘긴 보상은 그 어떤 것보다 짜릿했다.

강서준은 화살이 꽂혔던 어깨나 다리, 복부를 바라봤다. 화살이 밀려 나오면서 새살이 돋고 있었다.

안전지대의 효능이었다.

즉, 어떤 방으로 들어가든 죽지만 않는다면 이렇듯 회복이 된다는 것이다.

"헉, 헉……."

한동안 숨을 정돈한 강서준은 금세 고개를 들었다. 안전지대를 벗어나면 또 다른 시련이 그를 괴롭힐 테지만 멈춰 설 여유는 없었다.

서울은 지금도 던전화가 진행되고 있다.

언제까지 튜토리얼 퀘스트에 묶여 있을 수는 없다.

얼마나 걸릴까.

모를 일이다.

당장 첫 번째 안전지대를 넘었다고 해도 끝은 아니었다.

이곳엔 방금 전과 같은 석실이 수십 개나 있다. 종전의 테스트는 새 발의 피일지도 몰랐다.

클리어까지 얼마나 걸릴지는 알 수 없었다.

실제로 '드림 사이드 1'에서 그는 '선택의 미로'를 탈출하기까지 한 달이나 걸렸으니까.

강서준은 주먹을 꽉 쥐고 앞으로 걸음을 내디뎠다.

이번엔 오래 걸리진 않을 것이다.

"나는 어떻게 해야 하는지 전부 알고 있으니까."

〈현황판〉

헬 – 120명.

헬 – 32명.

헬 – 76명.

헬 – 27명.

.

.

.

헬 – 1명.

헬 – 1명.

헬 – 1명.

그로부터 세 달이 지났다.

E급 던전, 무너진 학교

똑, 또독.

또오옥.

어디선가 배관이 새는지 바닥으로 물이 떨어져 소리가 났다.

주먹 크기의 생쥐 한 마리가 약간 웅덩이 진 물을 마시려고 어두운 공간을 가로질렀는데.

갑자기 그곳으로 빛이 터져 나왔다.

찍! 찌직!

햇빛 한 점 들어오지 않는 컴컴한 지하 주차장. 무너진 콘크리트 옆으로 파란색 빛이 일렁였다.

우우우웅.

깜짝 놀란 생쥐는 원래 있던 구멍으로 돌아갔고, 곧 파란 빛 덩어리에서 공간이 갈라지더니, 머리가 산발이 된 남자가 나타났다.

"음…… 여긴?"

강서준은 눈을 끔뻑이며 주변을 둘러봤다. 마침 그를 환영하듯 반겨 주는 메시지가 나타났다.

[축하합니다. 당신은 '선택의 미로(헬)'을 클리어했습니다.]

세 달 만의 귀환이었다.

⚜

그 시각.

일련의 사람들이 한곳에 뭉쳐 있었다.

굳은 얼굴의 사람들.

그중 피 묻은 제복의 경찰, 오대수는 반쯤은 무너진 학교를 바라보면서 나지막이 말했다.

"더는 시간이 없어요."

"……."

"앞으로 이틀. 그 안에 이 던전을 공략해야만 합니다."

장내의 분위기는 무거웠다.

그도 그럴 게, 당장 눈앞에 닥친 현실이 터무니없이 막막한 것이다.

오대수는 학교의 정문에 오롯이 솟아난 거대한 문을 바라봤다. 그 너머의 학교는 핏빛으로 물들어 여고괴담을 떠오르게 했다.

금방 귀신이 튀어나와 비명을 질러도 이상하지 않았다.

"다들 두려운 것 압니다."

"……."

"이해합니다. 저도 겁이 나니까. 하지만 우린 가야만 해요."

오대수의 단호한 말에 사람들의 눈동자가 잘게 떨렸다. 알고는 있겠지만, 직면한 현실을 고스란히 감당하는 건 쉬운 일이 아니었다.

오대수의 눈빛이 침잠했다.

말했듯, 그는 사람들이 이토록 두려워하는 이유를 이해하고 있었다.

눈앞에 있는 학교.

여고괴담을 떠오르게 하는 이곳의 등급은 무려 E급.

하지만 오대수가 속한 그룹의 인원 중 하드 난이도 통과자는 겨우 한 사람에 불과했고.

그들이 힘을 모아 공략해 본 던전은 F급이 전부였다. 아직 E급은 시도조차 하지 못하는 높은 벽인 것이다.

'그뿐이면 다행이겠지.'

학교 앞에 웅장하게 제 모습을 드러내는 문의 색깔은 무려 '붉은색'이었다. 그리고 드림 사이드에서 피처럼 붉은 문이 뜻하는 건 하나였다.

'던전 브레이크가 벌어지기 직전이라는 거야.'

던전 브레이크.

몬스터가 과하게 증식되어, 던전 밖으로 배출되는 현상.

즉, 던전 브레이크의 직전이라는 말은 곧 던전 내부는 몬스터로 꽉꽉 차 있다는 걸 뜻했다.

'지금 저곳을 공략한다는 건 자살하겠다는 말과 크게 다르지 않을 거야.'

하지만 어쩔 수 없었다.

"우리에게 다른 선택지는 없잖아요. 이틀 안에 공략하지 못하면 놈들은 아무런 제약 없이 시가지로 뛰쳐나올 겁니다."

문제는 그게 끝이 아니었다.

'던전 브레이크가 벌어지면 던전의 등급은 올라간다.'

눈앞의 던전 '무너진 학교'는 던전화 당시 'F급'으로 기억한다. 하지만 한 차례 던전 브레이크를 겪으며 'E급'으로의 성장을 마친 것이다.

또한 더 빠른 속도로 'D급'으로의 성장을 목전에 뒀다. 이 속도면 더더욱 감당할 수 없는 골칫덩이가 될 터.

오대수는 미간을 좁히며 말했다.

"D급으로 성장하면 정말 끝입니다. 던전 공략도 공략이겠지만 만약 또 던전 브레이크가 벌어지면…… 그땐 아무도 살아남지 못할 거예요."

해서 그들은 이곳에 왔다.

던전 브레이크가 벌어지기 직전이라 몬스터가 가득 들어차더라도, 아직 E급일 때는 가능성이라도 있으니까.

'지금이 아니면 기회는 없어.'

그때 누군가 앓는 소리를 내며 물었다.

"대체 왜 저곳만 유난히 성장 속도가 빠른 겁니까? 이 주변은 전부 F급뿐인데."

영업사원 공지원. 양복 위에 걸친 가죽 갑옷이 현대와 판타지가 오묘하게 겹친 복장이었다.

툴툴대는 말투였지만 그래도 어디 모난 곳 없이 맡은 바 책임감이 있는 사람이었다. 오대수는 그를 향해 차분하게 설명해 줬다.

"저곳의 몬스터는 언데드 계열이라 그래요."

"……언데드요?"

"흔히 말하는 좀비 같은 부류들요."

공지원이 질색한 얼굴로 몸을 떨었다.

학교에서 흐르는 음산한 기운. 괜히 오한이 드는 게 아닐 것이다.

저 안에는 분명히 존재한다.

'귀신' 혹은 '유령'이란 것들이.

"근데 그게 저 던전이 E급인 것과 무슨 상관이죠?"

오대수는 시선을 마주하며 대답했다.

"공지원 씨. 드림 사이드에서 언데드는 최약체로 통했어요. 방어력이 많이 부족했거든요. 하지만 아무도 언데드 계열 몬스터를 무시한 적이 없었죠. 왜인지 알아요?"

"……모르죠."

"언데드는 번식력이 엄청나요. 영화를 떠올리면 쉬워요. 물리면 즉시 감염…… 죽은 시체조차 기회만 있다면 몬스터로 변해 버립니다."

오대수는 말을 하면서 미간을 찌푸려야 했다. 버젓이 떠오르는 불편한 현장이 눈앞에 있었기 때문이다.

'던전화가 벌어진 곳이 학교니까.'

새벽 6시 무렵에 등교한 학생은 그리 많진 않았겠지만, 문제는 이 학교가 기숙사형 학교라는 것이다.

아이들은 자는 동안 속수무책으로 아무런 반항조차 못하고 당한 것이다.

오대수는 아스라이 떠오르는 상상을 억지로 밀어내고 숨을 길게 내뱉었다.

이미 벌어진 일은 되돌릴 수 없었다. 이미 사라진 것을 찾는 것보다 손에 쥔 무언가를 지키는 게 더 중요한 법.

오대수는 사람들을 돌아보며 말했다.

"그간 우린 많은 것을 잃었습니다. 연인, 가족, 친구……
셀 수 없겠죠."

대충 사람들의 면면만 봐도 알 수 있는 문제였다.

펜을 쥐던 학생은 칼을 쥐었고, 비즈니스를 위해 양복을 입
던 회사원은 중세 시대에나 있을 법한 갑옷을 걸치고 있다.

경찰인 그조차 그랬다.

그의 허리춤엔 분명히 권총이 있음에도 정작 손에는 푸른
색의 창을 들고 있었으니까.

세상은 변했고.

그 변화의 시작은 '일상의 박탈'부터였다.

"고작 석 달입니다."

모든 것은 손에 쥔 모래알처럼 덧없이 사라졌다. 이젠 잃
은 것보다 가지고 있는 걸 세는 게 더 쉬울 것이다.

오대수는 창으로 바닥을 쿵 내리찍으며 비장한 목소리를
냈다.

"하지만 우리는 싸워야 합니다. 삶의 터전을 뺏으려는 몬
스터로부터…… 변해 버린 세상으로부터! 가족을, 사랑하는
사람을 지키려면."

연설의 끝 무렵이었다.

사람들의 얼굴엔 열기가 올랐고, 두려움에 젖어 가던 표정
엔 작은 용기가 샘솟았다.

이젠 그들은 플레이어라고 불린다.

던전은 공략해야 할 '숙제'였고, 더는 그들의 일상을 잡아먹는 '재앙' 따위가 아니었다.

레벨 업을 하고.

장비를 강화하고.

스킬을 단련하면 될 일이다.

오대수는 푸른 창을 높이 들었다.

창의 이름은 '파도잡이의 창'.

섭종 보상으로 오대수가 드림 사이드 1의 플레이어인 '경험자'라는 걸 나타내는 징표였다.

"준비하십시오. 10분 후⋯⋯ 진입합니다!"

각자 무기를 점검하는 사람들을 바라보며 오대수는 스멀스멀 피어오르는 불안감에 입술을 잘근 깨물었다.

스스로도 이 작전이 얼마나 무모한지 알고 있었다. 어쩌면 그룹의 반 이상은 죽어 나갈지도 모를 일.

하지만 별수 있겠는가.

지금 하지 않는다면 결국 무너지는데.

'그 사람이라도 있었다면 달랐을까.'

이따금씩 떠오르는 사람이 있었다. 어쩌면 서울의 누구나 종종 그 사람의 안부가 궁금할 것이다.

'케이.'

드림 사이드의 천외천 중에서도 가장 위에 있던 자.

감히 대적할 생각조차 할 수 없던 유일무이한 랭킹 1위.

오대수는 선택의 미로에서 '헬 난이도'를 선택했던 생존자를 기억하고 있었다.

단 한 명.

수많은 사람이 탈락했지만, 단 한 명은 헬 난이도에서 여전히 도전 중이었다. 오대수가 '노말 난이도'를 클리어하고 서울로 돌아올 때까지 그 숫자는 변하지 않았다.

'그는 클리어했을까?'

모를 일이었다.

어쩌면 진즉에 죽어 버렸을 수도 있겠지.

그날로부터 벌써 세 달이 지났는데도 케이가 돌아왔다는 소문을 들어 본 적이 단 한 번도 없었으니까.

"오대수 형사님, 모든 준비가 끝났습니다."

"네."

오대수는 자신을 바라보는 한 시선을 의식했다. 학교 담장에 몸을 기대어 후드 집업을 푹 눌러쓴 여자.

마스크로 얼굴을 가리고 있었지만, 특유의 분위기는 전혀 가려지지 않는 그녀를 보면서 오대수는 고개를 끄덕였다.

괜찮을 것이다.

이 그룹엔 '랭킹 1위'는 없더라도 그와 비슷한 수준의 플레이어가 있었으니까.

E급 던전?

두려워하지 말자.

"들어갑니다. 오늘 우린 E급 던전을 공략할 겁니다."

⁂

아이포크의 103동 105호.

깨진 거울 앞에 선 강서준은 자신의 얼굴을 들여다봤다.

덥수룩하게 자라난 머리카락, 너저분한 수염, 오랫동안 씻지 못해 먼지가 들러붙은 얼굴.

거지가 따로 없는 꼴이었다.

그는 부엌에서 대충 가위를 가져와 머리를 정돈하고, 면도기로 턱 주변을 깔끔하게 밀어 버렸다.

좀 씻고 싶었지만 물이 나오질 않아 그 과정은 생략하기로 했다. 대신 구석에서 발견한 물티슈로 대충 먼지만 닦아냈다.

"이제야 좀 살겠네."

찬장을 뒤적여 음식도 찾아봤다. 이미 누군가가 털어 갔는지 제대로 된 음식은 거의 없었지만, 참치 통조림 하나 정도는 발견할 수 있었다.

그는 바로 뜯어 먹으면서 생각했다.

'맛있다…….'

선택의 미로에선 허기질 일이 없었다. 안전지대로 들어갈 때면 허기짐도 상태 이상으로 분류됐는지 말끔하게 사라졌던 것이다.

"그나저나 세 달이라……."

생각보다 긴 시간이었다.

결국 선택의 미로에서 그가 원하는 모든 걸 얻어 낼 수 있는 시간이었지만, 아무래도 돌아오고 나니 조금은 더 빨리 돌아올 수 있지 않았을까…… 후회도 들었다.

그간 얼마나 많은 사람이 죽었을까.

누가 살았고, 또 현재 상황은 어떨까.

적어도 이 모든 일은 누군가에겐 2회 차였다. 그가 미리 알고 '던전화'를 막아 냈듯, 누군가가 똑같이 했을지도 모르는 일이었다.

그래.

드림 사이드 1보다는 훨씬 나은 상황이겠지.

'부디 그래야 할 텐데.'

강서준은 한숨을 내쉬며 베란다 너머를 바라봤다. 그가 떠올린 상상대로라면 이런 풍경은 만들어지지도 않았을 것이다.

"서울이……."

무너진 도시의 정경.

텁텁한 먼지 맛은 기본이요, 휑한 바람 소리만 들리는 것이 유령도시에 있는 것만 같았다.

그 흔한 경적조차 울리지 않는 세계.

강서준은 나지막이 탄식했다.

고작 세 달의 시간이었지만 세상은 이미 멸망한 분위기를 물씬 풍기고 있었던 것이다.

"……너무 늦지 않았길."

그는 대충 짐을 챙겨 아이포크를 벗어났다.

아파트를 벗어난 강서준이 빠르게 목적지로 설정한 곳은 가까운 학교였다.

'붉은 문. 여기가 가장 위험해.'

문의 색깔은 던전의 상태를 보여 준다.

파란색은 0에 가깝고, 초록색은 평범한 수준.

노란색, 주황색, 붉은색으로 갈수록 몬스터의 숫자가 많아졌다. 그리고 붉은색은 던전 브레이크의 징조라고 불렸다.

'검은색이 되면 던전 브레이크가 벌어져.'

강서준이 던전의 문에 손을 대자 관련 정보도 간략하게 눈앞으로 나타났다.

〈무너진 학교 (E)〉

던전 브레이크까지 24시간.

"무너진 학교라……."

문득 학교 근처로 어지럽혀진 광경을 볼 수 있었다. 모닥불을 피우고 누군가 이 근처에서 야영이라도 한 듯했다.

"선객이 있었네."

반가운 소식이었다.

돌아온 지 얼마 안 된 그에게 있어서 가장 목마른 건 아무래도 정보. 누구든 만나서 현 상황을 일목요연하게 정리할 필요가 있었다.

'E급 던전이라…….'

그때 강서준은 미간을 좁히며 던전의 정보를 재차 확인했다. 착각이 아니라면 내용에 변화가 있었다.

[던전 브레이크까지 22시간.]

"……?"

의심의 눈초리로 바라보던 강서준은 곧 경악할 수밖에 없었다.

[던전 브레이크까지 21시간.]

던전 브레이크가 1시간씩 가속하고 있었다.

드림 사이드의 던전은 등급에 따라 그 구조가 변한다.

F급이 던전이 될 당시의 모습을 고스란히 유지하는 편이라면, E급은 외형은 그대로여도 내부 구조는 확장되는 과정을 겪는다는 얘기다.

그리고 이곳은 E급 던전.

강서준은 던전에 들어오자마자 광활하게 펼쳐진 풍경을 보면서 숨을 고르게 내뱉었다.

"역시 E급……."

겉과 속이 다른 건 어쩌면 당연했다. 기존에 갖고 있던 학교의 부지로는 E급의 몬스터를 전부 담을 수 없을 테니까. 아예 처음부터 큰 땅이라면 모르겠지만, 그렇지 않다면 던전이 성장하면서 그에 걸맞은 형태로 구조도 바뀌기 마련인 것이다.

강서준은 마치 놀이공원처럼 넓어진 학교를 가만히 서서 둘러봤다.

겉보기엔 평화로운 풍경이었지만 경각심이 들었다.

이곳은 다름 아닌 E급의 던전.

그리고 그는 이제 막 선택의 미로를 통과한 초짜 플레이어였다.

방심은 금물이었다.

그리고 곧, 사방에 널브러진 뼛조각을 발견할 수 있었다.

덜그럭…….

땅이 들썩이면서 손이 번쩍 튀어나왔다. 뼈만 앙상한 해골이 순식간에 지상 위로 나타났는데.

그 형체가 가히 기괴했다.

"스켈레톤……."

두개골에서 붉게 일렁이는 두 눈동자.

녹슨 무기와 어설픈 방어구를 갖춰 입어, 허접하게만 보였지만 우습게 볼 만한 놈들이 아니었다.

추정 레벨은 40부터.

저주받은 악령이 시체에 깃들어 해골로 부활한 언데드 계열의 몬스터.

'정말이지. 공포 영화가 따로 없군.'

강서준은 튜토리얼 무기인 '투박한 장검'을 쥐고 호흡을 정돈했다.

선택의 미로 이후로 벌이는 첫 전투.

긴장감이 미세하게 근육을 조여 왔다.

그어어억……!

하지만 행동에 머뭇거림은 없었다.

달려드는 해골의 몸을 반으로 갈랐다. 하지만 두 쪽이 난 놈은 아직 죽지 않았다.

핵을 찾아야만 죽는 몬스터.

강서준은 스킬을 발동시켰다.

[스킬, '류안(A)'을 발동합니다.]

'약점은 목.'

스켈레톤은 일반적인 몬스터와 똑같이 취급하면 안 됐다. 머리? 심장? 어느 쪽을 찔러도 죽지 않는다.

오로지 그들의 원천을 부수지 않는 한, 산 자를 찾아 공격만을 일삼는 게 놈들의 특징이었다.

스켈레톤의 목에 깃든 '원령'을 제거해야만 비로소 스켈레톤 사냥이 완료되는 것이다.

콰직!

거리낌 없이 목을 향해 일직선으로 찌른 검은 스켈레톤의 원령을 제거할 수 있었다.

바르르 떨다 상체와 하체가 널브러진 시체로 변하는 모습은 썩 보기 좋은 장면은 아니었다.

하지만.

[레벨이 올랐습니다!]

오랜만에 듣는 메시지가 그의 기분을 바로 풀어 줬다.

'선택의 미로에서도 초반엔 꽤 자주 들었던 소리였는데…… 새삼스럽지만 난 정말 그곳을 탈출했구나.'

선택의 미로는 30의 레벨 제한이 있었다. 아무리 많은 경험치를 쌓아도 그 이상으로 성장하는 건 불가능한 것이 시스템의 제약.

강서준은 실로 오랜만에 레벨 업을 한 것이다.

'포인트는 일단 저장해 두자.'

강서준은 자세를 정돈하며 주변을 둘러봤다.

"흐음……."

또 바닥에서 모습을 드러내는 스켈레톤의 무리. 두더지도 아닌 것들이 땅을 잘도 파고 우후죽순 튀어나오니 여간 귀찮은 게 아니었다.

강서준은 아예 등장할 여유조차 주지 않기로 결정했다.

콰지직!

어찌 상대 몬스터의 등장씬을 고스란히 감상하고 있을까. 강서준은 바닥을 뚫고 나오는 스켈레톤의 목을 모조리 발로 밟아 버렸다.

단박에 두개골이 함몰되며 스켈레톤이 허물어졌다.

[칭호, '비겁한 학살자'의 승급 조건을 알아내었습니다.]

[기습 공격 100회 연속 성공.]

[성공 시, '비겁한 학살자'는 '기습의 선수'로 승급합니다.]

강서준은 두더지 잡기를 하듯 스켈레톤의 머리를 모조리 밟아 버리며 차근차근 던전을 공략했다.

어차피 죽여야 할 놈들. 이참에 칭호를 승급시킬 수 있으면 더욱이 좋은 일이었다.

"그나저나 역시 여긴 고등학교보단 대학교 같은데."

수능조차 보지 못한 그는 대학생인 적은 없었다. 하지만 푸드 트럭 알바 때문에 대학교를 와 본 적이 있어 그 특유의 느낌은 알고 있었다.

물론 이처럼 음산하진 않았다.

강서준은 죽여도 계속 솟아나는 해골들의 무리를 바라봤다. 끝도 없이 나타나는 게 역시 던전 브레이크의 징조였지만 그는 씨익 웃었다.

[조건을 달성했습니다.]
[칭호, '비겁한 학살자'는 '기습의 선수'로 승급했습니다.]
[기습에 한하여 공격력이 2% 증가합니다.]

"노다지로군."

하지만 그는 아쉽게도 더는 사냥을 이을 수 없었다. 날카롭게 전장을 살피던 그는 새로운 흔적을 발견한 것이다.

사방에 흩어진 뼛조각 중 원령이 파괴된 흔적.

이곳에 먼저 들어온 사람들의 행적이 분명했다.

"아쉽지만 렙업은 좀 미뤄 둬야겠지?"

빠각!

튀어나온 스켈레톤의 머리를 밟으며 강서준은 빠르게 그들의 행적을 쫓았다.

콰앙!

콰아아앙!

오대수는 연달아 터지는 폭발을 피해 몸을 숨겼다. 기둥 너머로 사람들이 스켈레톤에게 포위된 게 보였지만 그는 선불리 도우러 나갈 수가 없었다.

콰아아앙!

정체불명의 폭발.

오대수는 바짝 마르는 침을 삼키며 생각을 정리했다.

'대체 일이 어떻게 돌아가는 거야?'

던전 진입 후 1시간.

꽤 순조로운 공략이었을지도 모른다.

사방에서 솟아나는 스켈레톤은 충분히 위협적이었지만, 한데 뭉친 플레이어의 저력은 약하지 않았다.

특히, 그녀가 함께였다.

E급 던전이라고 해도 그녀의 앞을 막을 수 있을 것 같진 않았고, 어쩌면 더 큰 희생은 없을지도 모른다는 희망도 싹텄다.

문제는 보스 몬스터가 있을 것으로 예상되는 대강당 인근에 도착했을 때 발생했다.

콰아아아아앙!

의문의 폭발!

정체를 알 수 없는 습격을 당한 그룹은 결국 뿔뿔이 흩어지고 말았다. 곳곳에 산재한 스켈레톤도 버거운 상황인데, 의문의 공격이 그들의 목숨을 노리고 시시각각 다가오는 것이다.

그리고 오대수는 볼 수 있었다.

스켈레톤의 뒤편에서 아무런 제지 없이 모종의 스킬을 발동시키는 일련의 사람들을.

'리치인가?'

처음엔 그리 생각했다.

언데드 계열의 던전에서 폭발 공격은 '마법'을 사용하는 '리치'일 가능성이 높았으니까.

하지만 아니었다.

고작 E급 던전에서 B급 수준의 리치가 등장할 리는 없었다. 무엇보다 하급 몬스터는 인간의 말을 할 수 없으니.

"숨어 봤자 소용없습니다!"

콰아아아앙!

오대수는 금방이라도 달려 나갈 태세를 갖췄다. 그의 주변엔 같이 도망친 그룹원들이 시선을 맞추고 타이밍을 쟀다.

이윽고, 한순간.

약속이라도 한 듯 일제히 한 방향으로 달아나기 시작했다. 움직임을 알아차렸는지 가까이 폭발이 일어났지만 애먼 스켈레톤이 적중당했다.

"모두 뛰어요! 사정거리 밖으로만 벗어나면 괜찮을 겁니다!"

오대수는 권총으로 몇 차례 경고 사격도 날렸다. 하지만 권총이 쏘아 내는 총알은 플레이어의 장비를 뚫을 수 없었다.

오대수는 생각했다.

'그녀가 위험해.'

번잡한 현 상황에서 알아낸 정보가 하나 있었다.

바로 놈들의 목적.

정체 모를 놈들은 오로지 오대수 그룹의 최강자인 '최하나'를 찾고 있었다.

이유는 아마 그녀의 정체 때문이겠지.

"정말 도망갈 수 있을 줄 알았습니까?"

그때.

오대수는 어디선가 나는 화약 냄새에 바로 몸을 굴려 피했다. 낙법으로 자세를 바로잡은 그가 경계를 하는 사이, 하얀 가면의 사내가 앞에 섰다.

가면인은 천천히 걸어오면서 손가락을 튕겼다.

콰아아아앙!

"사, 살려……!"

도망치던 그룹원 한 명이 폭발에 휘말려 사망했다. 오대수는 침을 꼴깍 삼키며 창끝을 놈에게 겨눌 뿐이었다.

무거운 침묵.

한참이 지나서야 놈이 말했다.

"이제야 둘만 남았군요."

"뭐?"

"오랜만입니다, 오대수 형사님."

"……날 알아?"

도화선에 불이 붙듯 오대수의 얼굴 앞으로 순식간에 뭔가가 일렁거렸다. 피하기엔 너무 늦었다. 대신 팔을 교차로 해서 폭발의 충격을 상쇄시키는 데는 성공했다.

"커헉……!"

파바밧!

통증이 느껴졌지만 쉴 틈은 없었다.

또다시 튕기는 불꽃을 피해 몸을 던졌다. 연쇄 폭발이 그의 뒤꽁무니를 지독하게 따라왔다.

콰앙! 쾅! 콰아앙!

'젠장…… 완전히 가지고 노는군.'

오대수는 상대가 일부러 공격을 빗맞힌 사실을 깨달았다. 마치 사냥감을 몰이라도 하듯 구석으로 유도하는 것이다.

피할 길은 없었다.

"도망치는 꼴이 바퀴벌레 같군요."

콰아아앙!

오대수는 숨을 몰아쉬며 꺾인 길을 따라 달렸다. 그리고 가까운 기둥 뒤에 숨으며 창을 꽉 쥐었다.

도망치는 건 해결이 안 된다.

그는 푸른 빛깔이 은은히 감도는 자신의 창을 바라보며 긴장을 차츰 밀어냈다.

'파도잡이의 창.'

섭종 보상이자 레벨 80제 아이템으로 공격력 하나는 확실한 놈. 비록 그의 레벨이 47밖에 안 되어 무기의 성능은 쓰지도 못했지만 튜토리얼 당시에 보급받은 아이템보단 나았다.

이것이라면 놈에게 데미지를 줄 수 있을 것이다.

복도로 천천히 놈의 걸음 소리가 울렸다.

"혹시 숨바꼭질을 좋아하시는 겁니까?"

느긋한 걸음걸이.

애꿎은 허공이 폭발하고 점차 놈의 인기척은 가까워졌다. 소리를 정보로 거리를 재니 기회는 금방 찾아올 것 같았다.

'놈의 능력은 폭발.'

수십 발을 터뜨리고도 멀쩡한 걸로 보아 그 등급도 상당히 높을 것으로 예상했다.

C급? 혹시 B급?

현존하는 플레이어 중 상위를 차지할 만한 스킬이라는 건 부정할 수 없는 사실이었다.

'하지만……'

오대수도 만만치 않았다.

노말 난이도 통과자. 나아가 드림 사이드 1을 플레이했었던 '경험자'라는 게 그의 스펙이었다.

고인물이라고 할 만한 수준은 아니었지만 나름 강력한 섭종 보상도 갖고 있었으니, 그는 좀 강한 편이었다.

하물며 그는 경찰.

현장에서 날고 기던 게 엊그제 같았다.

이런 데에서 허무하게 죽을 생각은 없었다.

저벅.

금세 가까워진 발걸음.

오대수는 놈의 접근을 확신하는 순간.

푸른 창을 쥐고 달려들었다.

'아무리 능력이 대단해도 가까이에선 터뜨리진 못하겠지!'

자기 자신에게 피해를 줄 생각이 아니라면 말이다.

하지만.

"얕은 수로군요."

콰아아아아!

오대수는 자신의 앞으로 확 불타오른 불꽃을 피해 뒤로 크게 뛰었다. 몇 번이나 바닥을 구른 그는 죽은피를 뱉어 내며 힘겹게 몸을 일으켰다.

"젠장……."

얼굴은 화끈거리고, 몸은 물에 젖은 솜처럼 무거웠다. 이 정도로 무력할 줄이야! 점차 흐려지는 시야로 놈의 실루엣이

잡혔다.

놈이 말한다.

"아직도 모르겠습니까?"

"……."

"실망입니다. 못 본 새 감이 많이 죽었군요."

말투는 전혀 실망했다는 뉘앙스가 아니었다. 가면인은 칠판을 긁는 듯한 듣기 싫은 톤으로 웃음을 터뜨렸다.

그게…… 묘하게 거슬렸다.

익숙했다.

본 적이 있던가? 어디에서?

미간을 찌푸리던 오대수는 한 가지 기억을 떠올리고 말았다.

"너…… 설마?"

"이제야 알아보겠습니까. 반주경찰서 강력 2팀 오대수 형사님?"

가면인이 슬쩍 가면을 들어 얼굴을 보여 줬다. 놈의 정체가 드러나자 관련 정보가 무수하게 파노라마처럼 스치고 지나갔다.

"네놈이 어떻게 여기에 있지? 넌 분명."

"감옥에 갇혔었죠. 네. 하지만 보다시피 탈옥했답니다."

까득.

오대수가 이를 가는 소리였다.

"……황동수."

이에 가면인 황동수가 대답했다.

"좋아요, 그 눈빛! 그래야 오대수 형사님답죠."

사형수 황동수.

분명 6개월 전, 갖은 노력 끝에 감옥에 잡아넣었던 연쇄살인범.

기질이 사이코패스라 그런지 범행 수법이 잔혹했고, 무려 일곱 명이나 살해한 희대의 살인마였다.

하필 그 황동수라니…….

플레이어가 된 건가?

그렇다면 이렇듯 사람을 향해 무차별 공격을 가하는 건 별다른 이유가 없어도 납득이 됐다.

놈은 말 그대로 사이코패스.

미친놈에겐 이유가 필요 없었다.

'설마…… 그자들이 전부 교도소 재소자들은 아니겠지.'

최악의 시나리오가 그려졌다.

교도소를 탈옥한 수많은 범죄자들. 그들이 힘을 모아서 미친 짓들을 벌이고 다닌다는 건가.

'……젠장.'

오대수는 욕지거리를 내뱉으며 다가올 미래를 떠올렸다.

느긋한 태도의 황동수.

놈의 폭발 능력만 해도 가히 사기적이었는데, 그런 자들이

어쩌면 한 명이 아닐지도 모른다는 생각이 들었다.

최악 중의 최악.

오대수는 입술을 잘근 깨물었다.

하늘도 무심하다.

저런 새끼한테 플레이어의 자격을 쥐여 주다니.

오대수가 절망에 빠져 있을 때였다.

"오, 사람이다."

불현듯 들려오는 소리.

오대수는 눈을 크게 뜨며 낯선 남자를 바라봤다.

언제부터 있었을까.

"저기요, 뭐 좀 물어보려고 하는데요."

황동수의 옆으로 누군가가 서 있었다.

경찰과 가면인.

단순히 봤을 때 '선과 악'이 명확해 보이는 상황이었다.

하지만 강서준은 경거망동하지 않았다.

신중하게 둘을 살펴봤다.

드림 사이드는 외관만으로 모든 게 결정되는 곳이 아니니까.

겉으로는 천사를 연기하면서, 속에 악마를 품은 자들이 숱하도록 많은 세계였다.

'경찰 제복을 입었다고 착하다는 건 고정관념이야.'

반대로 가면을 썼다고 전부 나쁜 놈은 아닐 것이다.

어쩌면 가면 속에 보기 흉한 흉터가 있어 가리기 위해 쓰고 있는 걸지도 모르지 않은가?

경찰도 그렇다.

우연히 저 옷만 훔쳐 입었다면 경찰도 악역이 될 수 있다.

드림 사이드는 그런 편견 없는 시야가 무엇보다 중요했다.

하지만.

"네놈은 뭐지?"

"다, 당신…… 도망쳐요! 거긴 위험해요!"

가면인이 손가락을 튕기자 눈앞에서 불꽃이 번쩍였다. 경찰이 손을 뻗으며 위기를 알려 오는 것까지 한순간에 벌어졌다.

그것으로 알 수 있었다.

이번엔 겉과 속이 다를 게 없는 것이다.

[스킬, '위기 감지(B)'를 발동합니다.]

참고로 폭발이 일어난다는 건 미리 알고 있었다. 분명 기습이었지만 강서준의 눈에는 애들 장난처럼 뻔히 보였기 때문이었다.

'선택의 미로에 비해서 이 정도는 뭐…….'

수시로 용암이 솟구치고, 갑자기 땅이 꺼지고, 벽에서 화살이 쏟아지다, 천장이 무너져 내리거나 해일에 휩쓸리는 던전.

그런 곳에서 살아남은 그에게 있어 이 정도 위기는 위협조차 되질 않았다.

무엇보다 '선택의 미로'에서 활성화시킨 '위기 감지'는 앞서 그를 위협할 위기를 미리 포착해 주는 스킬.

그에게 기습은 어지간해선 통하지 않는다.

'일단 저 가면이 모든 일의 원흉이겠지?'

강서준은 생각을 정리하며 장검을 뽑아 들었다. 손가락을 튕기면서 주변의 불꽃을 또다시 점화했지만, 가뿐한 몸놀림으로 폭발의 범위는 진즉에 피한 뒤였다.

"왜 그랬는지는 물어본다고 대답해 주진 않겠지?"

한편으로는 약간 긴장도 되었다.

상대가 무서워서 그런 건 아니었다.

'아마도 첫 살인을 하게 되겠지.'

저 가면인은 이 던전을 공략하던 사람들을 잔혹하게 폭사(爆死)시킨 장본인일 것이다. 여기까지 오면서 봐 온 수많은 사체를 통해 파악할 수 있었다.

그들은 몬스터에게 죽임을 당한 게 아니었다. 처음부터 폭발에 휩쓸려 죽은 게 태반이었다.

그러니 저자는 '살인자'였다.

게임으로 치면 'PK 유발자'.

'그건 게임에서나 할 짓이지.'

드림 사이드는 목숨이 세 개뿐이라서 더더욱 PK 자체를 악질로 여기는 인식이 강했다. 자칫 마을에서 PK를 벌일 경우, 각종 길드에 박제되며 현상금 수배까지 걸어 뒀다.

그들은 '레드 플레이어'라고 불렸다.

플레이어를 죽이는 플레이를 반복하는 위험한 사람들. 일반 플레이어에겐 공공의 적이자, 내부에서부터 플레이어의 입지를 좁히는 암적인 존재인 것이다.

강서준은 그들을 꽤나 많이 처단한 전적이 있었다.

'놈들 때문에 공략을 몇 번이나 망칠 뻔했으니까.'

하물며 눈앞의 사내가 한 행동은 결코 정당화할 수 있는 게 아니었다. 무슨 사연이 있든…… PK는 드림 사이드에선 반드시 배제되어야 할 행위.

특히 던전에선 일어나선 안 되는 일이었다.

그러니 죄책감은 가질 필요가 없겠지.

'저놈 때문에 이 던전은 공략을 실패할지도 몰라.'

뒤늦게 발견해서 망정이지. 조금이라도 더 늦었으면 던전 브레이크는 일어났을 것이다.

이 던전은 E급에서 D급으로 성장할 뻔했고, 이곳에 진입한 사람들은 속절없이 죽었을 것이다.

……다시 생각해 보니 이 새끼 진짜 미친놈이네.

놈은 사납게 강서준을 노려보면서 말했다.

"당신, 남의 일에 참견 말고 갈 길 가시죠?"

몇 번이나 능숙하게 폭발을 피한 탓일까. 놈의 제안에, 강서준은 어깨를 으쓱이며 되물었다.

"그냥 보내 줄 겁니까?"

"당신은 원래 계획에 없던 인물. 여기서 조용히 벗어나 던전을 나간다면 그냥 넘어가 드리도록 하죠."

"호오……."

강서준이 그 말에 혹하는 듯하자, 경찰이 대뜸 큰 목소리를 냈다.

"저자를 그대로 두면 안 됩니다! 저놈은 6개월 전에 일곱 명이나 죽인 사이코패스 연쇄살인마라고요!"

……이거 생각보다 거물이었네.

그것도 썩 죄질이 나쁜 쪽으로.

"그렇다는데요?"

가면인이 혀를 차면서 대답했다.

"기어코 참견하실 겁니까?"

"참견이고 뭐고. 선빵은 네가 먼저 날렸잖아?"

강서준의 말이 짧아졌다.

"원래 그냥 갈 생각이 없기도 했고."

막말로 저자가 과거 '연쇄살인마'라는 점과 '사이코패스'라는 게 중요하지 않았다.

놈은 이미 이 던전에서 수많은 사람을 습격해 죽였다. 폭사한 이들이 대체 무슨 죄가 있단 말인가.

또한 놈은 그 명단에 강서준의 이름도 기입하려고 했다. 면전에서 대뜸 폭발을 일으키는 놈을 그냥 놔두고 간다고?

누굴 호구로 아나.

"가면 쓴 중2병 아저씨야."

"뭐?"

"큰 힘엔 큰 책임이 따른다는 말 알아?"

강서준은 영웅이 등장하는 액션 영화를 좋아했다. 그중 꼭 빼놓을 수 없는 게 '거미인간'이 등장하는 히어로 무비.

그는 영화 속 주인공이 했던 말을 상기하며 재차 입을 열었다.

"큰 힘엔 큰 책임이 따른다는 말은."

"갑자기 무슨 소리를 하려는…….."

"이젠 너도 책임을 다할 때가 왔다는 거야."

강서준의 눈매가 날카롭게 빛났다.

[스킬, 위기 감지(B)를 발동합니다.]

강서준은 정면에서 터지는 폭발 반경으로부터 벗어났다. 이미 알고 있던 예측이라 피하기는 쉬웠다.

[스킬, '류안(A)'를 발동합니다.]

그의 눈동자가 금색으로 물들면서 허공을 이리저리 둘러봤다. 이윽고 실처럼 연결된 마력의 흔적을 쫓아 목표로 한 걸 찾아냈다.

역시 이럴 줄 알았다.

스거걱!

"커헉……!"

아무도 없던 허공에서 누군가가 갑자기 목을 부여잡고 쓰러졌다. 강서준의 일격이 깔끔하게 들어간 결과였다.

[당신의 공격으로 플레이어 '강오중'이 사망했습니다.]

[플레이어 '강오중'의 '허름한 상의'를 습득했습니다.]

시스템 메시지가 들려왔다.

아니다 다를까. 놈들은 이름이 붉게 물든 '레드 플레이어'였다.

"네, 네놈이 어떻게 그걸……?"

가면인이 경악하며 강서준을 경계했지만, 강서준은 어깨를 으쓱일 뿐이었다.

조금만 생각해도 알기 쉬운 문제였다.

"이 구간에 폭발을 자유자재로 다루는 사람이 어딨냐?"

설령 '섭종 보상'으로 비슷한 능력을 받았다고 해도 불가능할 것이다. '폭발'은 저들이 생각하는 것보다 훨씬 난이도가 높은 스킬이니까.

"하지만 그 숫자가 둘이라면 얘기는 좀 다르겠지? '발화'와 '가스'를 섞는다라. 꽤 머리 좀 쓴 발상이었어."

그리고 강서준이 검을 휘두르며 달려든 곳은 또 다른 허공이었다. 누군가가 급하게 도망쳤지만 공격을 피할 수는 없었다.

[당신의 공격으로 플레이어 '지명상'이 사망했습니다.]
[플레이어 '지명상'의 아이템 '박달나무 지팡이'를 습득했습니다.]

"거기에 '격리' 스킬을 가진 놈도 더해진다면 더더욱 안정성을 높일 수 있었겠지. 안 그래?"

"……."

"자, 이젠 네 차례야."

강서준은 장검을 놈에게 겨누며 사납게 눈을 치켜떴다. 가면인이 뒷걸음질 쳤지만 강서준의 속도를 따라잡을 정도는 아니었다.

놈은 발화 능력자.

따지고 보면 마법 계열인 것이다.

하지만 강서준은 망설임 없이 놈의 반경으로 짓쳐 들어갔다.

'설령 근접 전투의 대가라도 상관없어.'

그가 괜히 헬 난이도를 골라서 선택의 미로를 돌파했을까. 그가 그곳에서 90일간 쌓아 온 나날은 고작 황동수 따위가 어찌할 수 있는 수준이 아니었다.

"자, 자자, 잠깐……!"

강서준이 달려들자 놈이 다급하게 외쳤다.

하지만.

"넌 누가 잠깐 기다려 달라고 말하면 기다려 줬냐?"

"……."

"책임이란 그런 거야."

"이익! 죽어라!"

가면인이 이를 갈면서 앞으로 손을 내밀었다. 발화 능력이 발동하면서, 직경 1m를 불태우는 강력한 불꽃이 터져 나왔다.

하지만.

"뜨뜻하네."

선택의 미로에서 용암에 쫓기던 강서준에겐 별 위협도 되지 않은 온도였다. 감자라도 있으면 구워 먹긴 편하겠네.

불꽃을 가뿐히 피해 낸 강서준이 순식간에 놈에게 접근했다.

스걱!

거두절미하고 날카로운 칼날이 가면인의 목을 긋고 지나갔다. 피가 울컥 쏟아지면서 가면인의 몸이 쉽게 허물어졌다.

놈은 자기 목을 움켜쥐면서 말했다.

"이, 이렇게 허무하게······."

한편 강서준은 그 모습을 내려다보면서, 이래도 되나 싶을 정도로 평온한 자신을 관조하고 있었다.

벌써 세 명째에 다다른 살인.

동요는 없었다.

악인을 벴다는 생각 때문일까. 도리어 몬스터를 처치했다는 느낌이 더욱 강하게 느껴졌다.

어쩌면 그 느낌은 정확할지도 모른다.

보아라.

[레벨이 올랐습니다!]

레벨이 올라간다는 건, 시스템도 이놈을 '몬스터'로 인정한다는 증거였다. 일반적인 PK로는 경험치를 얻을 수 없는 것이다.

경험치를 올리려면 '레드 플레이어'가 '화이트 플레이어'를 죽이거나, '화이트 플레이어'가 '레드 플레이어'를 죽여야만 한다.

강서준은 싸늘한 주검이 된 가면인을 일별하며 몇 가지 남았던 감정의 잔재를 털어 냈다.

그래.

죄책감은 가질 필요가 없다.

이자는 이미 수차례 사람을 죽여 온 레드 플레이어. 세상이 이 꼴이 나기도 전부터 '연쇄살인범'이란 타이틀을 가진 사이코패스였다.

죽어도 할 말은 없는 것이다.

[당신의 공격으로 플레이어 '황동수'가 사망했습니다.]
[플레이어 '황동수'의 아이템 '던전초'를 습득했습니다.]

그리고 무엇보다 당장 중요한 건 따로 있었다.

놈을 죽여 얻어 낸 보상.

'던전초라……'

왜 던전 브레이크가 가속하는지 궁금했는데. 단 하나의 아이템으로 모든 상황을 납득할 수 있었다.

'이게 왜 여기에 있는지는 모르겠지만, 좀 더 빨리 움직여야겠어.'

경찰은 본인을 오대수라고 소개했다.

그는 피에 젖어 붉게 물든 하얀 가면을 내려다보며 말했다.

"황동수는 제 누나를 죽인 놈입니다."

단순히 형사와 범인의 관계가 끝은 아닌 모양이었다. 쓸쓸하게 내려다보는 오대수를 향해 무어라 위로를 전할까.

고민하던 강서준은 이내 고개를 돌렸다.

이 사람은 대답을 듣고자 말한 게 아니었다.

"목숨을 구해 주셔서 감사합니다."

"뭘요. 나쁜 놈이 그냥 벌 받은 거죠."

고개를 숙였던 오대수가 다시 고개를 들면서, 강서준을 향해 말했다.

"염치 불고하고 부탁드리고 싶은 게 있습니다."

다소 고집이 셀 것 같은 인상의 그의 얼굴엔 걱정이 가득 묻어나고 있었다.

"저희 그룹이 황동수 같은 놈들의 기습을 당해 뿔뿔이 흩어진 상태예요."

"놈들이라고요? 또 있는 겁니까?"

"제가 본 수만 10명을 넘습니다."

"……처음부터 작정하고 덤벼든 거군요."

"네. 게다가 이놈들을 보니 더욱 확신하는 게 있습니다."

오대수는 황동수와 똑같이 명을 달리한 '강오준'과 '지명상'의 면면을 확인했다. 험상궂은 얼굴들을 내려다보며 오대수가 말했다.

"이놈들 전부 무기징역 떨어진 범죄자들입니다. 같은 교도소에 수감되었던 놈들이죠."

"설마?"

"교도소의 범죄자들이 플레이어가 된 것 같습니다."

그 범죄자 집단이 던전에 숨어서 오대수의 그룹을 기습했다는 건가.

"무슨 수를 썼는지 놈들은 스켈레톤의 공격을 받질 않았어요. 특별한 아이템을 가진 게 분명해요."

그리고 꺼내는 말.

"……놈들의 목적은 최하나 님이라고 했어요."

"최하나요?"

"네. 분명히 '마탄의 사수'를 노린다고 했으니까요. 어쩌면 최하나 님이 위험할지도 몰라요!"

거기까지 들은 강서준은 약간 벙 찐 얼굴로 되물었다.

방금 뭔가를 들은 것 같은데.

"잠깐만요. 누구요? 마탄의 사수?"

마탄의 사수, 클라크

　잠시 후, 강서준은 오대수의 뒤를 쫓아 대강당으로 이동하고 있었다.

　가까워질수록 늘어나는 전투의 흔적들.

　스켈레톤과 함께 인간의 시체가 곳곳에 산재한 걸로 보아 얼마나 치열한 전투가 벌어졌는지 알 수 있었다.

　그리고 그즈음 강서준은 슬슬 현실을 받아들이고 있었다.

　"마탄의 사수가 여자였다니……."

　"저도 처음엔 엄청 놀랐어요. 그 최하나가 '마탄의 사수'라니! 너무 비현실적인 얘기죠."

　"네?"

　"그도 그렇잖아요. 아이돌 가수가 알고 보니 드림 사이드의 플레이어…… 그것도 천외천이라 불리는 고인물 플레이어라는 게 말이 되냐고요."

랭킹 12위의 클라크.

총을 귀신같이 다뤄 '마탄의 사수'라고 불리며, 저격이나 총을 다루는 분야에 있어서는 케이조차 발끝에 미치지 못하는 권위자.

강서준은 아직도 믿기지 않는 현실을 재차 실감하며 입에 남은 쓴 맛을 삼켰다.

'게임에선 늘 중절모를 쓴 남성 캐릭터라 당연히 남자인 줄 알았는데.'

하기야 드림 사이드 1에서 캐릭터 성별을 바꾸는 건 일도 아니었다. 그것이 게임에 지장이 생기는 것도 아니고, 각자 개성에 맞게 캐릭터를 꾸미며 플레이를 하는 건 RPG 게임의 기본 중의 기본.

룩덕이라고 하던가?

드림 사이드 1에서도 던전 공략이 한참 지체되고, 마땅히 할 만한 게 없을 즈음에 유행한 콘텐츠였다.

캐릭터를 누구보다 개성 있고 에쁘게, 혹은 멋있게 꾸미는 것.

그중 마탄의 사수 '클라크'는 멋있는 중절모 스타일로 유명했다. 차가운 저격수라는 이미지가 너무 잘 어울리는 복장이었다.

'한데 아이돌 가수라고.'

국민여동생, 국민첫사랑, 걸스온탑, 세젤예…… 등의 각종 수식어를 달고 사는 그녀는 단연 한국에선 가장 유명한 셀럽.

더군다나 강서준이 군 생활을 할 때에 가장 인기가 많은 연예인이 바로 그녀였으니.

모를 턱이 없었다.

해서 더 믿기지 않았다.

'마탄의 사수 클라크는 아이돌 최하나와 너무 정반대의 이미지니까.'

최하나가 톡톡 튀는 레몬 같은 사람이라면, 클라크는 삭힌 홍어 냄새가 물씬 풍겼다.

둘 다 톡 쏘는 매력이라는 건 사실이었지만, 클라크는 상큼함과 거리가 아주 먼 독함이 존재하지 않았던가.

갭 차이가 너무 컸다.

'뭐…… 직접 확인해 보면 알겠지.'

해서 괜히 걱정도 됐다.

단순히 마탄의 사수를 떠올리면 그 특유의 이미지로 인해 걱정은 없었지만, 괜히 아이돌이란 이미지가 덮어씌워지니 의미가 상당이 퇴색되는 것이다.

어쩌면 당연했다.

여긴 모니터 속을 나돌던 단순한 게임이 아니었다. 제아무리 그녀라고 해도 게임 속 캐릭터처럼 활약하는 건 무리가 아닐까.

앞서 뛰어가던 오대수가 입을 열었다.

"그나저나 정말 효과가 있네요? 여기까지 오는 데에 스켈레톤이 한 마리도 반응하지 않았어요. 조금 거부감이 드는 계획이지만 통하니 다행이네요."

오대수의 넓은 등짝엔 탈옥범 '지명상'의 시체가 업혔다. 그리고 강서준도 그나마 무게가 가벼워 보였던 황동수를 업고 있었다.

이유는 간단했다.

그들의 인벤토리를 털 수는 없으니, 그들의 시체를 이용하자는 발상.

아무래도 놈들이 스켈레톤에게 면역이 있으니 그와 관련된 스킬이나 적용된 아이템을 써먹으려는 속셈이었다.

'인벤토리나 버프 효과는 사후 24시간 동안 유지되니까.'

게임 속 설정이었다.

캐릭터가 죽고 나면 단순히 끝나는 게 아니라, 인벤토리가 잠긴 채로 플레이어 근처에 남게 된다.

만약 잠금을 해제할 수 있는 스킬이나 아이템이 있으면 황동수의 아이템을 강제로 취할 수도 있겠지.

사후 24시간 보장 시스템.

이는 그러라고 있는 기능이었으니까.

'잠깐…… 만약 정말 그 시스템이 적용되고 있다면.'

강서준은 또 하나의 가설을 떠올려 봤다. 혹시 모르는 생각이 정말 그럴지도 모른다는 확신으로 넘어가고 있었다.

"여기가 대강당입니다."

약간 얼이 빠져 있던 강서준은 오대수의 말에 퍼뜩 정신을 차렸다.

"살벌하군요."

사방을 메운 건 뼈 무더기와 시체들.

대강당으로 향하는 문은 굳게 닫혔고, 그 안에서 사이한 기분이 휘몰아치고 있었다.

강서준은 미간을 좁혀 메시지를 확인했다.

[던전 브레이크까지 3시간.]

'벌써 3시간밖에 안 남았다고? 이쯤 되니 확실해지는군. 역시 누군가 일부러 던전 브레이크를 가속하는 거야.'

황동수를 죽여서 '던전초'라는 아이템을 얻을 수 있었다. 이 아이템은 상점에 팔면 푼돈이나 쥐여 주는 것이었는데, 이 아이템은 용도가 따로 있었다.

'바로 던전 브레이크를 가속하는 특이한 사용처로.'

방법은 간단했다.

던전초에 던전수를 섞어, 던전꽃을 만들면 되는 일.

한데 이상한 점도 있었다.

던전초를 던전꽃으로 만들어 주는 아이템 '던전수'는 F급이나 E급 던전 따위에서 구할 수 없는 물건.

적어도 B급 이상의 던전, 그것도 동굴 깊숙이 숨겨진 우물 속에서나 얻을 수 있는 아이템이었다.

즉.

'상대편엔 섭종 보상으로 던전수를 가져올 정도의 고인물이 섞여 있단 거야.'

강서준은 미간을 좁혔다.

여기서부터는 긴장을 놓아선 안 됐다.

적에 대한 정보가 너무 부족했으니까.

탈옥수라는 정보는 있어도, 설마 그들이 '던전수'를 얻었을 리는 없다고 생각했다.

감옥에 갇힌 그들이 섭종 보상 설문지를 작성했을 리도 없었으니까.

결국 정리하자면 하나다.

'정체 모를 누군가가 이 일에 간섭하고 있어.'

오대수가 말했다.

"너무 걱정하진 마십시오."

"네?"

"최하나 님은 제가 아는 한, 가장 강한 플레이어였습니다. 쉽게 당하진 않을 거예요."

강서준이 가만히 문을 바라보니 오대수의 눈엔 마치 그녀를 걱정이라도 하는 사람처럼 보였던 모양이었다.

강서준은 애써 부정하진 않았다.

다만 오대수가 생각하는 것만큼 최하나를 심각하게 걱정하는 게 아닌 건 확실했다.

'정말 그 마탄의 사수라면…….'

걱정은 기우에 불과할 테니까.

강연을 위해 만들어진 학교의 대강당.

최하나는 무대를 가로지르고 있었다.

휘이익!

그녀의 뒤를 쫓아 연달아 바닥에 꽂히는 화살!

위협은 그게 끝이 아니었다.

'……위!'

몸을 굴려 휘둘러지는 대검을 피했다. 바닥을 박차고 다시 거리를 벌린 최하나는 숨을 거칠게 내쉬며 대검의 주인을 노려봤다.

빗나간 공격이 아쉽다는 듯 턱뼈를 덜그럭거리는 해골.

'데스 나이트.'

스켈레톤의 상위 호환에 해당하는 이놈은 기사 출신의 해골답게 기본 검술을 할 줄 아는 놈이었다.

고작 검을 휘두른다는 인식뿐이던 스켈레톤에 비해서, 움직임엔 형태가 있었고 검을 활용한 공격이 다소 자연스러웠던 것이다.

하지만 사실 놈 자체는 대단히 부담스럽진 않았다.

'E급 보스 몬스터치고는 사냥하기 쉬우니까.'

언데드 특유의 강력한 공격력은 무시하지 못하겠지만, 방어력은 형편없는 축에 속했다. 또한 원거리 공격에 특화된 게 그녀의 특징이 아니던가.

안 맞고 더 많이 때리면 될 일.

데스 나이트는 그녀와의 상성이 좋은 편이었다.

'문제는 놈뿐이 아니라는 거지.'

최하나는 날아오는 화살 때문에 다시 몸을 피했다. 쿵쾅대며 달려오는 데스 나이트를 피하기도 버거운데, 관객석의 어둠에 숨어 화살을 날리는 의문의 적들까지 감당해야 했다.

왜 데스 나이트는 저놈들은 놔두는 걸까?

어쩌면 언데드 계열 몬스터로부터 면역이 되는 아이템이 있을지도 모르겠다.

스켈레톤도 저놈들은 물지 않으니까.

휘이익!

날아드는 화살을 피한 그녀는 이번엔 총구를 관객석으로 돌렸다. 동시에 발사된 마탄이 어둠을 가르고 날아갔다.

타아앙!

"끄아아악!"

[당신의 공격으로 플레이어 '양현중'이 사망했습니다.]

[아이템 '독 포션'을 습득했습니다.]

일격에 한 놈을 쓰러트렸지만 상황이 바뀌진 않았다.

또다시 빗발치는 화살.

회피에 전념한 그녀는 끈질기게 따라붙는 데스 나이트를 다시 노려봤다. 도통 끝이 없는 물량 공세에 체력은 깎일 대로 깎인 상태.

그녀의 미간이 있는 대로 구겨진다.

'더는 시간도 없는데……'

달리는 중에도 메시지창을 열어 던전의 상태를 확인했다. 수상한 자들의 등장 시점부터 일찍이 그 목적을 예상한 그녀는 던전에 이변이 생겼다는 걸 알아냈던 것이다.

바로 던전 브레이크의 가속화.

'이젠 3시간도 채 남질 않았잖아?'

최하나의 눈매가 가늘어졌다.

제아무리 그녀라고 해도 혼자서 E급의 보스 몬스터를 사냥한다는 건 보통 어려운 일이 아니었다.

멀리서 총을 쏴 죽인다는 전략조차 3시간 안에 통할지는 의문이었다.

그렇다면 다른 방법은 없을까.

만약 던전 브레이크를 가속하는 누군가를 찾아낸다면?

'그건 해결법이 못 돼.'

놈을 처치한다고 이미 가속된 던전 브레이크가 원래대로 돌아오지 않는다. 결국 3시간 안에 데스 나이트를 죽여 던전을 공략해야 한다는 조건은 똑같은 것이다.

괜히 놈을 찾는 데에 시간만 낭비하는 거지.

'D급은 아직 무리인데.'

현재 그녀의 레벨은 78.

특유의 전투 센스나 무기가 가진 사기적인 성능에 기대어 어떻게든 E급 던전은 공략할 수 있는 수준이었다.

시간이 필요할 뿐.

하지만 D급은 뭔 짓을 해도 무리였다.

그녀는 스스로의 수준을 잘 알고 있었다.

"후우……."

최하나는 낮게 숨을 몰아쉬며 방아쇠를 연달아 당겼다. 총알에 적중당한 데스 나이트가 일시적으로 경직되며, 조금 뒤로 물러났다.

그녀의 고민은 오래가지 않았다.

속절없이 흐르는 시간!

망설여 봤자, 손해 보는 건 그녀였다.

'할 수 있는지 없는지는 해 보지 않으면 몰라.'

최하나는 이젠 날아오는 화살을 도외시하기로 했다. 정해진 시간 안에 그녀가 쓰러트려야 할 적은 E급의 보스 몬스터.

회피를 하면서 대단위의 폭딜을 넣는 건 불가능했다.

가능한 최선의 공격을 박아 넣어 두터운 보스 몬스터의 HP를 깎아 내리려면 다른 방법이 없는 것이다.

'이 기술을 쓰는 건 아직 몸에 무리가 가겠지만…….'

체력 수치가 몇이더라.

아마 스킬의 수준이 높아, 신체가 따라오지 못할 것이다.

하지만 선택의 여지가 없었고, 해야만 하는 일을 망설이진 않았다.

츠츠츳.

최하나의 주변을 감싸는 기류가 일변했다. 그녀의 눈으로 핏발이 서고 코에서 피가 주룩 흘렀다.

'스킬…… 번 블러드(Burn blood).'

총구 앞으로 핏빛 에너지탄이 뭉치기 시작했다. 그녀의 생명력을 매개로 불타는 특수한 마탄.

현시점에서 그녀가 낼 수 있는 최대의 공격이었다.

그리고 이는 그녀의 HP를 감소시키는 스킬인 만큼 죽음을 담보로 했다.

'대신 이 스킬이라면 데스 나이트의 두꺼운 통뼈도 꿰뚫을

수 있어.'

번 블러드는 방어력을 완전히 무시하는 성질이 있었다. 이 스킬을 '악령의 원천'이라 불리는 목뼈를 가격하기만 한다면 제아무리 놈이라도 견딜 수 있을까.

최하나는 호흡을 정돈했다.

당장 사용할 수 있는 공격은 단 한 발.

빗맞혀서도…… 빗나가서도 안 될 일.

그녀는 바로 데스 나이트를 향해 내달렸다.

후우우웅!

무섭게 다가오는 대검은 눈으로 보고 피했다.

번 블러드는 피를 불태워 마탄을 끄집어내는 기술인데, 그 중 피를 불태우는 과정에서 신체가 강화되는 특징이 있었다.

해서 고속 이동을 비롯하여 고난이도 움직임도 가능했다. 그녀는 스치듯 데스 나이트의 뒤를 점할 수 있었다.

동시에 방향을 전환.

목표를 고정했다.

최대한 가까이에서 쏜다면 좋겠지만 이 정도 거리라도 부담은 없었다.

이젠 단 한 발이다.

리볼버의 방아쇠를 당기는 순간이었다.

타아앙!

"위험해!"

뭔가가 그녀에게 태클을 걸어왔다. 그 탓에 총구가 흔들리고 그녀의 필사의 일격은 애꿎은 데스 나이트의 뒤통수만 뚫고 지나갔다.

키아아앗!

성난 데스 나이트의 울음!

최하나는 경악할 수밖에 없었다.

머릿속으로 경종이 울렸다.

'……빗나갔어!'

이런 상황은 계획에 없는 일.

애써 끌어 모은 '번 블러드의 마탄'을 맞히지도 못하고 허공에 날려 버리다니! 그간 해 왔던 고생이 덧없이 허물어지는 기분이었다.

도대체 누구지?

그녀의 시선에 한 사내의 실루엣이 걸렸다. 겉보기엔 초보자의 복장을 한 사내였다.

최하나는 분노를 삼키며 다시 데스 나이트를 바라봤다.

"아니야. 여기서 포기할 순 없어. 다시 한번 '번 블러드'를 모으면……!"

목숨이 위태롭겠지만 아직 한 발은 더 생성할 수 있었다. 그러니 아직 늦지 않았다. 데스 나이트의 목에 다시 총알을 박아 넣는다면…….

하지만 그때.

최하나는 정면을 바라보며 헛웃음을 지었다.

['던전 브레이크'가 발생했습니다.]
['무너진 학교(E)'는 숨고르기로 진입합니다.]
[보스 몬스터 '데스 나이트 본디시(E)'가 '악령 군주 본디시(D)'로 성장
했습니다.]

최악의 상황이 도래하고 말았다.
키아아앗!

[보스 몬스터 '악령 군주 본디시'가 **포효합니다**.]

최하나의 몸이 순간적으로 움츠러들었다.
감히 항거할 수 없는 위암감!
D급의 보스 몬스터가 내지르는 포효는 듣는 것만으로도
심장이 갈려 나가는 듯한 기분이 들었다.
고작 등급이 한 단계만 올랐을 뿐인데.
수준이 차원이 달랐다.
'……도망가야 해.'
상황은 바뀌었다.
놈이 D급이 되었다면 계획도 바꿔야 마땅했다. 이젠 놈을
사냥하는 게 문제가 아니라, 놈에게서 안전하게 도망치는 법

을 고려해야 한다.

최하나는 뒤늦게 나타난 오대수와 정체 모를 사내를 재촉하며 말했다.

"갑시다. 지금이라면 이 던전을 빠져나갈 수 있을 거예요."

"네? 보스 몬스터는요?"

"끝났어요. 이제 우리 손을 떠났다고요."

본디시는 아직 진화한 모습에 적응하진 못한 상태였다. 그러므로 아직 정신을 차리기 전인 지금이라면 던전을 벗어날 수도 있으리라.

하지만 의문의 사내는 최하나의 말을 듣지도 않았다.

"뭐 하는 거예요? 정신 안 차려요? 아직도 당신이 저지른 일에 대해서 실감이 안 나는 겁니까?"

"네?"

"이젠 저놈을 죽이는 건 불가능하다고요. 어떻게든 도망쳐서 살아남는 것밖에 방법은 없어요."

최하나가 더더욱 위기감을 느끼는 이유는 그녀에게 더는 화살이 날아오지 않는다는 사실이었다.

그녀를 비롯한 그룹원을 습격한 의문의 일당.

그들은 마치 할 일을 다했다는 듯 손을 털고 이곳을 진즉에 빠져나갔다는 걸 뜻했다.

아마 놈들이 있을 위치는 뻔하다.

던전의 입구.

'도망치는 걸 방해하려 할 거야.'

D급의 던전을 공략한다는 건 애초에 불가능한 일. 아마 놈들의 목적이 그녀의 죽음이라면 애써서 죽이기보단 던전을 벗어나는 걸 막는 게 훨씬 쉬운 일일 터였다.

'하지만 그 정도는 뚫을 수 있어.'

번 블러드로 체력이 다소 소모됐어도 아직 죽을 정도는 아니었다. 놈들이 수십 명이 몰려와도 D급 보스를 상대하는 것보다는 낫지.

그때 남자가 말했다.

"어차피 당신의 '번 블러드'로도 못 죽였을 거예요."

"……네?"

"총을 쏘기 직전에 이미 놈은 악령 군주로 성장했었으니까요."

그러더니 남자는 제멋대로 본디시를 향해 걸어갔다. 너무 당당한 태도에 벙 찐 얼굴을 하던 그녀가 다급하게 그의 옷깃을 붙잡았다.

"어디 가요? 미쳤어요?"

최하나는 남자의 옷차림을 주목했다.

쥐고 있는 무기는 튜토리얼에서 지급하는 '투박한 장검'에, 대단할 것도 없는 일상복이었다.

기껏해야 초보자 복장인 것이다.

해서 최하나는 그를 막고자 했다.

제아무리 멋모르고 그녀의 공격을 방해했다지만 이대로 사지(死地)로 들어가는 걸 방치하고 싶진 않았다.

하나 돌아본 남자의 얼굴엔 의문이 가득했다.

왜 말리냐는 표정.

그는 혼자 납득하더니 말했다.

"확실히 이 무기로는 조금 시간이 걸리겠네요. 오대수 형사님? 혹시 그 무기 빌릴 수 있을까요?"

"······무기요?"

"네. 곱게 쓰고 돌려 드릴게요."

거의 강탈하듯 오대수의 푸른 창을 쥔 남자는 다시 본디시를 향해 몸을 돌렸다.

"잠깐만······ 지금 뭐 하는?"

최하나가 거기까지 말했을 때였다.

돌연 남자의 손에서 푸른 물결이 흘러나오기 시작했다.

경악스러운 장면이었다.

최하나는 할 말을 잃고 멍하니 이를 바라봤다.

푸른 물결이 어느덧 푸른 창을 휘감고 있었다. 그건 저 아이템의 본명을 떠오르게 했다.

'파도잡이의 창.'

레벨 80제 아이템.

본래 마력으로 파도를 일으켜 무기의 공격력을 더하는 '마창'이었다.

해서 사용자의 수준이 무기에 적합하지 못하면 본연의 힘은 끌어내지 못하도록 봉인된 물건이었다.

최하나의 애총인 '마탄의 리볼버'가 본래 성능의 10분의 1도 발휘하지 못하는 것과 같았다.

그러니까 이건 있을 수 없는 일이다.

'저 남자의 레벨이 80을 넘지 못한다면 불가능한 일.'

새삼스럽게 남자의 모습이 다시 보였다. 그녀의 추측이 정확하다면 저 남자는 그녀보다 레벨이 더 높은 플레이어라는 것이다.

눈으로 보고도 믿기 힘들었다.

'아, 그러고 보니.'

이 남자는 '번 블러드' 상태인 최하나를 무리 없이 전장에서 끄집어냈다. 신체 강화로 온몸이 무기나 다름없던 그녀를 말이다.

그게 가당키나 할까.

확실해진다.

'고렙 플레이어……'

그때 남자가 뒤를 돌아봤다.

"슬슬 사냥을 시작해 볼까요?"

그 모습이 왠지 낯익었다.

강서준은 눈을 가늘게 떴다.

D급의 보스 몬스터 「악령 군주 본디시」는 확실히 이전보다 훨씬 위협적인 느낌이었다.

하지만 질 것 같진 않았다.

애초에 그는 혼자도 아니었으니까.

"이걸 마시고 체력부터 회복해요."

강서준은 인벤토리에서 HP포션을 꺼내어 최하나에게 던져 줬다. 그녀는 날아온 포션을 낚아채더니, 약간 미심쩍은 눈으로 물었다.

"정말 잡을 수 있는 거예요?"

"네."

망설임 없는 대답.

강서준의 시선을 마주한 최하나는 더는 질문하지 않았다. 그저 포션의 마개를 열고 쭉 들이마셨다.

강서준도 더는 그쪽에 시선을 주지 않았다.

이제 신경 쓸 놈은 하나였다.

'악령 군주 본디시!'

그는 지체하지 않았다.

시간은 금이요, 기회는 놓치면 똥이다.

최하나의 회복을 기다리는 것보다 조금이라도 본디시의

체력을 깎아 두는 게 유리했다.

키아아앗!

본디시의 사각으로 접근하자 놈이 반응했다. 대검이 빠르게 휘둘러져 왔지만 최소한의 간격으로 피할 수 있었다.

"흐읍!"

그의 눈은 금빛으로 물들었다.

'약점은 똑같아.'

하지만 놈도 이를 알고 있는지 쉽게 공간을 내어주질 않았다. 한 치의 물러섬도 없는 위태로운 공방이 순식간에 휘몰아쳤다.

강서준은 푸른 창을 꽉 쥐었다.

사방에서 몰아치는 파도가 본디시의 시야를 흔들었다. 쉴 새 없는 공방은 이어졌고 본디시는 부표처럼 떠밀려 가며 당황하는 기색이었다.

강서준은 확신했다.

'역시 아직 완전한 성장은 아니야.'

드림 사이드는 기본적으로 뭔가 크게 변화하는 과정에서 일종의 '숨 고르기' 시간이 적용된다.

던전화를 감행하던 몰리가 초짜 플레이어였던 강서준의 검에 싸늘한 주검이 되어야 했듯.

본디시도 똑같았다.

놈은 D급의 보스 몬스터가 됐지만, 아직 그에 걸맞은 수준으로 강해진 건 아니었다.

말하자면 D급의 최약체.

'지금이라면 놈을 처치할 수 있어.'

강서준은 틈을 주지 않았다.

파도는 점차 폭풍처럼 움직였고, 더욱 크기를 키워 나갔다. 손발이 어지러웠지만 가까스로 컨트롤할 수 있었다.

하나 시간은 그의 편이 아니었다.

머지않아 본디시는 레벨 90, 100, 120에 버금가는 개체로 점차 성장할 것이다.

숨 고르기가 끝나는 순간, 모든 상황은 뒤집어지는 것이다.

그러니 지금 끝내야 한다.

다행히 기다리던 순간이 다가왔다.

"비켜요!"

공간을 가르고 날아온 총알이 본디시의 어깨를 적중시켰다. 연달아 발사된 총알이 본디시의 머리, 다리, 어깨를 명중시켰다.

본디시가 당황하며 뒤로 물러났다.

강서준의 옆에 선 최하나가 물었다.

"도대체 당신 누구예요? 어떻게 상급 포션을 갖고 있는 거죠?"

최하나는 술에 취한 것처럼 붉은 얼굴이었다. HP포션이 그녀의 몸에서 왕성하게 활동하고 있다는 증거였다.

"그 정도면 마음껏 날뛸 수 있겠죠?"

"물론이죠!"

최하나는 질풍처럼 뛰어나가, 본디시를 향해 무자비한 총알을 난사했다. 번 블러드로 강화된 그녀의 움직임은 이미 본디시가 따라잡을 수 없을 정도로 빨라진 상태였다.

타앙! 타앙! 타아앙!

강서준이 말했다.

"출력을 더 높여요. 안 그러면 HP포션에 당신이 잡아먹힙니다."

"안 그래도……."

타아아앙!

"그럴 생각이었어요!"

최하나는 말 그대로 무시무시한 기세로 총알을 쏟아부었다.

체력을 매개로 하는 기술인 '번 블러드'.

그리고 상급 포션에서 끝없이 차오르는 에너지가 그녀의 강력한 총알이 되어 주고 있었다.

반면 본디시의 에너지는 청산가리라도 한 움큼 삼킨 것처럼 듬성듬성 떨어지고 있었다.

"좋아. 이 정도면……."

강서준의 오른팔이 실핏줄로 도드라졌다. 그리고 투창 자세를 취하며 총알 세례에 정신을 못 차리는 본디시를 조준했다.

'맹렬한 파도.'

파도잡이의 창에 각인된 무기 전용 스킬.

강서준이 쏘아 낸 창이 노도와 같은 기세로 본디시의 목을 향해 날아갔다.

키이잇!

본디시가 당황하며 검을 이리저리 휘둘렀지만 한순간에 파고든 창을 피하는 건 무리였다.

콰지직!

무수한 총성 사이를 가로지른 단 하나의 창이 본디시의 목을 꿰뚫었다. 이내 몸을 부들부들 떨더니 해골들이 힘없이 비산했다.

[보스 몬스터 '악령 군주 본디시'를 처치하였습니다.]

[레벨이 올랐습니다!]

[레벨이 올랐습니다!]

[레벨이 올랐습니다!]

[레벨이 올랐습니다!]

[레벨이 올랐습니다!]

[던전 '무너진 학교(D)'를 성공적으로 공략했습니다.]

전장은 순식간에 고요해졌다.

✦✦✦

던전의 입구.

무너진 학교의 정문을 통해서 내부의 스켈레톤이 쉴 새 없이 쏟아져 나오고 있었다.

키앗! 키아앗!

덜그럭대며 움직이는 언데드들은 목적 없이 서울의 시가지 너머로 흩어졌다.

아마 저들은 앞으로 무수한 생명을 해치겠지. 던전 브레이크로 인해 빠져나온 몬스터는 아무런 제약도 없이 어디든 갈 것이다.

"전원 전투 준비."

그리고 스켈레톤이 관심조차 주지 않는 곳이 있었다. 가면을 쓴 사람들이 저마다의 무기를 쥐고 점차 빠져나오는 스켈레톤을 바라보고만 있었다.

"슬슬 클라크가 나올 것이다. 그녀는 이번 계획의 핵심…… 절대 살아서 나가게 둬선 안 된다."

가면인들은 긴장했다.

그건 당연했다.

E급의 보스 몬스터 '본디시'를 혼자서 상대하는 막강한 전

투력, 심지어 그 와중에 그들의 동료를 넷이나 데려갔다.

그게 어찌 레벨 80을 넘기지 못한 플레이어의 피지컬이란 말인가.

괜히 천외천이라 불리는 게 아니었다.

검은색 가면을 쓴 남자가 말했다.

"걱정 마라. 그녀는 많이 지쳤어. 어쩌면 본디시에게 사냥당했을 수도 있겠지."

슬슬 확신이 든다.

던전 브레이크가 진행된 지 꽤 된 시점, 그녀가 도망쳤으면 진즉에 던전을 빠져나왔어야 할 것이다.

하지만 여태까지 나오지 않았다는 걸 무얼 말하겠는가.

본디시에게 죽은 것이다.

제아무리 그녀라고 해도 D급 보스를 이긴다는 건 불가능한 일이었으니까.

하지만 그때였다.

[던전 '무너진 학교(D)'가 공략되었습니다.]

[던전 '무너진 학교(D)'의 던전 브레이크가 강제로 종료됩니다. 해당 던전엔 몬스터 리젠 제한이 생겨나며, 향후 특별한 일이 없는 한 '던전 브레이크'는 종식됩니다.]

정문으로 생성된 시스템 메시지.

가면인들은 말을 이을 수 없었다.

그때 선두에 선 남자의 핸드폰이 미세하게 진동했다.

문자였다.

['블랙리스트 0'이 '선택의 미로'에서 실종되었다는 정보입니다.]

가면인은 나지막이 침을 삼켰다.

절대 가능할 리 없다고 여겼던 D급 던전의 공략 성공.

동시에 전해진 블랙리스트 0의 실종 소식.

"……공교롭군."

블랙리스트 0.

랭킹 1위 '케이'가 선택의 미로에서 행적을 감췄다는 소식은 가면인의 고민을 짧게 끊어 줬다.

그는 미련 없이 말했다.

"전원 퇴각한다."

이번 임무는 실패였다.

그 시각.

강서준은 허물어진 본디시의 사체에서 푸른 창을 뽑아 오대수에게 건네고 있었다.

"잘 썼습니다."

"아, 네……."

오대수는 얼떨떨한 얼굴로 무기를 받아 들었다.

한편 HP포션과 그 힘을 다해서 붉게 물들었던 얼굴이 다시 하얗게 돌아온 최하나가 다가왔다.

한층 안정된 얼굴색이었지만 어째 그녀로부터 전해지는 흥분이 뜨겁게 느껴질 즈음이었다.

그녀가 물었다.

던전을 먹는 마수

"혹시 케이 님이세요?"

최하나는 물어 놓고 스스로를 책망했다.

케이 님이라니.

말도 안 되는 질문이었다.

'이분이 케이 님일 리가 없잖아.'

케이가 누군가.

드림 사이드의 1에서 랭킹 1위에 등극한 유일무이한 존재.

그는 아무도 해내지 못한 대단한 업적을 잔뜩 세웠고, 기상천외한 공략으로 수많은 던전을 무너뜨린, 드림 사이드의 부정할 수 없는 최고의 플레이어였다.

하지만 그는 아직 선택의 미로에 갇혀 있다고 알려져 있다. 믿을 만한 소식통에 의하면, 오늘 아침까지만 해도 헬 난이도의 도전자는 변동 사항이 없었으니, 그는 아직 현실로 돌아오지 않은 것이다.

만에 하나.

케이가 그 이후로 선택의 미로를 공략하고 돌아왔다면 모를까.

'그건 너무 비약이지.'

세 달을 감감무소식인 케이였다.

그런데 오늘 갑자기 선택의 미로를 빠져나와, 던전 브레이크가 벌어진 '무너진 학교'에 나타났다고?

최하나는 가능성을 부정했다.

확률이 너무 낮았다.

'내가 케이 님의 행적을 오랫동안 쫓긴 했지만……'

목동에서 던전화를 겪은 최하나가 반주동까지 찾아온 연유는 사실 전부 케이 때문이었다.

서울에서 실패한 몇 안 되는 던전화 사례.

그중 하나가 바로 이곳 반주동에서 벌어졌다. 분명히 몬스터들의 습격이 있었는데도 던전이 생성되지 않았다는 정보를 어디선가 들었던 것이다.

최하나는 그것이 케이의 행적이라고 추측했다.

이곳이 유일하게 '던전화 실패' 사례를 만든 사람이 누군지 알려지지 않은 곳이었으니까.

'물론 케이 님이 한국인이라는 보장이 있어야겠지만……'

소문으로는 케이가 미국인이라고도 했다. 한두 군데에서 들은 게 아닌지라 그녀도 반신반의하는 정보였던 것이다.

해서 그녀는 억지로 기대를 지우기로 했다.

괜히 기대했다가 실망하는 건 한두 번이면 족했다. 여태 숱하게 겪어 본 그 감정을 또 겪고 싶진 않았다.

그리고 그는 대답하지 못하고 있었다.

'역시 아닌 거야.'

내심 기대했던 최하나는 가만히 상대를 응시하다, 문득 본인이 큰 실수를 했다는 걸 깨달았다.

이 사람은 현재 그녀의 목숨을 비롯하여 반주역의 생존자 그룹 전원을 살린 은인이었다.

그런 사람에게 고맙다는 말보다 먼저 다른 말을 꺼내다니.

실수였다.

그리고 최하나는 실수에 대해서 바로 사과하는 편이었다. 사과는 뒤로 미뤄 봤자, 변명만 늘어나니까.

해서 그녀가 입을 열려고 했다.

"네, 맞아요."

"제가 실수를 했어요. 고맙단 말을 먼저 했어야 했는…… 잠깐만요. 뭐라고요?"

최하나가 벙 찐 얼굴로 강서준을 올려다보니 그가 넌지시

별일 아니라는 듯 입을 열었다.

"제가 케이라고요."

잠시 후, 그들은 던전을 빠져나오고 있었다.

"그래도 살아 계신 사람이 많아 다행입니다."

흩어졌던 그룹원은 던전을 탈출하는 과정에서 만날 수 있었다. 그들은 의문의 폭발 사건 뒤, 학교의 창고 같은 곳에 숨어 겨우 살아남았다고 했다.

"미안해요. 저희들이 도움이 됐어야 했는데."

"아닙니다. 여러분이 살아 계신 것만으로도 큰 힘이에요. 감사합니다."

"오대수 형사님……."

빈말은 아닐 것이다.

어차피 저들이 보스방에 왔다고 해도 큰 도움이 되진 못했을 것이며, 당장 저들이 할 수 있는 최고의 도움은 생존이었다.

'똥통 속을 구르더라도 생존만 하면 돼.'

이유는 간단했다.

플레이어는 성장하니까.

당장 힘은 못 되더라도 그들이 영원히 초보자일 리는 없었고, 굳이 지금이 아니더라도 좋은 것이다.

'오대수 형사님의 생각은 그게 아닌 것 같지만.'

오대수를 길게 보진 않았지만 그는 무척 인간 냄새가 짙은 사람이었다. 그와 마주한 그룹원들이 하나같이 그를 의지하는 것만 봐도 알 수 있었다.

그가 이들의 중심이었고, 하나로 묶어 주는 굵은 실이었다.

그때 그룹원이 최하나를 발견하더니 물었다.

"최하나 님은 괜찮으신 거죠?"

"아, 네. 조금 놀라운 일이 있어서요."

"놀라운 일요?"

"그건 차차 설명해 드릴게요. 우선 캠프로 이동부터 합시다."

반론을 제기하는 사람은 없었다.

이미 던전 브레이크로 곳곳에 스켈레톤이 흩어진 상태. 던전 밖이라고 해도 더는 안전한 곳이 아니기에, 일단 캠프로의 복귀가 우선순위였다.

캠프의 사람들이 걱정되기도 했고.

"너무 걱정하진 마세요. 캠프는 안전할 겁니다."

"……네."

하지만 돌아가는 발걸음은 빨랐다.

무너진 학교를 뒤로하고 대로를 가로질러 약 10분.

거리를 배회하는 스켈레톤을 처리하면서 이동하다 보니 컴컴한 지하로 내려가는 계단이 나왔다.

반주역.

지하철 플랫폼.

그들이 생존자 캠프로 낙점한 곳이었다.

"의외로 몬스터들이 지하로는 잘 들어오지 않더라고요."

강서준은 그 이유를 짐작했다.

현재 외부를 나도는 몬스터는 대개 던전 브레이크로 자유가 된 F급 몬스터들이었다.

그들 대다수가 '던전'에 오랫동안 묶인 개체들.

그리고 F급 던전은 규모가 늘 작았고, 야외보다는 실내에 생성된 것들이 많았다.

아마 그래서겠지.

던전과 비슷한 분위기를 풍기는 지하철 플랫폼은 놈들이 다신 돌아가고 싶지 않은 곳을 닮았으니까.

알고 선택한 건지는 모르겠지만 생존자 캠프로는 아주 훌륭한 위치 선정이 아닐 수 없었다.

적어도 후반부 던전이 도래하기 전까지는 지낼 만한 장소였다.

그리고 곧 발견한 캠프.

"오대수 형사님?"

"어? 다들 돌아왔어요!"

"사람들이 돌아왔어요!"

버려진 지하철 플랫폼엔 캠프처럼 구역을 나눈 곳이 있었다. 그리고 적지 않은 사람들이 그들을 반기고 있었다.

노인부터 어린아이까지…….

그중 세월의 무게가 고스란히 느껴지는 허리 굽은 노인이 먼저 다가와 말을 걸었다.

"무사하셔서 정말 다행입니다."

"네. 그간 별일 없으셨죠?"

"저희야 일없죠. 한데…….

노인은 오대수의 뒤를 쭉 훑어보더니 입을 닫았다. 시선 속에 순간적으로 담긴 슬픔을 모르는 사람은 아무도 없었다.

하지만 노인은 군이 관련된 내용을 입에 담지 않았다.

노인이 나지막이 말했다.

"일단 쉬시죠. 먹을 걸 가져다드릴게요."

그리고 30대 중반으로 보이는 사내가 여러 물건을 쌓아 둔 방향으로 향했다. 그를 도우려는 듯 여러 사람들이 몰려가서 뭔가를 꺼내기 시작했다.

오대수가 강서준에게 말을 건 건 그때였다.

"편한 곳에서 쉬고 계시면 저희가 음식을 가져다드릴게요."

"아, 네. 일 보세요."

보아하니 캠프엔 오대수를 찾는 사람이 꽤 많았다. 단순히 경찰이라 그런 것 같진 않고, 그저 사람들이 오대수라는 사람을 깊게 신뢰하는 눈치였다.

강서준은 일단 주변을 둘러봤다.

"편한 곳이라······."

다소 입맛이 썼다.

지하철 플랫폼에 만들어진 '생존자 캠프'는 말이야 캠프였지, 거진 '노숙자 모임'과 다를 게 없었던 것이다.

신문지, 돗자리, 맨바닥 가릴 것 없이 누울 곳이 있다면 그곳이 쉼터인 듯했다.

강서준은 가까운 기둥을 보고 대충 그곳으로 정했다.

딱딱한 바닥에서 냉기가 고스란히 올라왔지만 신경 쓰진 않았다. 사실 그에겐 이곳도 만족스러운 편이었다.

'뭔들 선택의 미로에 비해서야······.'

한편으로는 이런 생각도 들었다.

'지긋지긋한 반지하가 그리워지네.'

그 고생을 하면서 살았는데, 이젠 그곳으로 돌아가는 것조차 어려워진 현실이었다.

더군다나 이젠 반지하도 아닌, 지하에 내려와 맨바닥에 몸을 눕혀야 하는 사실이 다소 우습게 느껴졌다.

N무 인생인 줄 알았는데.

알고 보니 꽤 호화스러웠지 않았는가.

"일단 좀 쉬자."

마땅히 할 것도 없는 그는 기둥에 몸을 기대며 눈을 감았

상위0.001%
랭커의귀환

다. 솔직히 그리고 피곤하지 않은 건 아니었다.

첫 던전에 이은, 첫 살인.

전투 자체는 그다지 힘든 건 없었지만 정신적으로 여러모로 부담스러운 하루였다.

조금 지친다.

'아, 그러고 보니.'

문득 던전 보스를 처치하고 얻은 보상에 대해서 확인하지 않았다는 걸 깨달았다.

얼마나 정신이 없었으면 그랬을까.

'이참에 확인해 볼까?'

강서준은 인벤토리를 열었다.

한곳에 떡하니 자리 잡은 건 '새하얀 검'이었다.

한이 서린 본디시의 검

억울하게 비명횡사 당한 본디시의 한이 서려 있다.
필요 레벨 : 120
공격력 : 175
등급 : B

전용 스킬
서릿발 : 검에 서릿발을 담을 수 있습니다.

딱 하나의 평이 떠올랐다.

'그림의 떡.'

제아무리 준수한 성능에 전용 스킬까지 달고 있으면 뭣하나.

당장 쓰질 못하는 애물단지였다.

'여태 투자하지 않은 스텟 포인트를 전부 투자해도 내 레벨 100을 조금 넘는 수준에 불과하니까.'

장비의 경우 '레벨 제한'이라 함은 그만한 스텟이 캐릭터에 쌓여야 한다는 걸 축약해서 설명한 부분이었다.

즉 레벨 제한 120이란 건 모든 스텟 포인트를 더해서 최소 600개를 넘겨야 한다는 것이다.

강서준은 인벤토리의 한쪽에 자리 잡고 있는 상대적으로 왜소한 투박한 장검을 응시했다.

아무래도 한동안 이놈을 더 애용할 것 같다.

'파도잡이의 창도 꽤 좋았는데.'

80제 아이템치고는 전용 스킬까지 가진 건 흔치 않았다. 파도잡이의 창은 그 수준이 고렙용은 아니어도 그 희귀성만 봐선 가치가 대단했다.

하기야 그러니 섭종 보상으로 넣었겠지.

강서준은 어깨를 으쓱이며 미련을 접었다. 레벨이야 올리면 그만이고, 무기야 좀 더 수준 낮은 몬스터를 사냥해서 얻으면 될 일이었다.

'섭종 보상도 확인해 둘까?'

인벤토리에는 그가 선택한 두 개의 섭종 보상이 고이 잠들

어 있었다. 일찍 꺼내 봤자 제대로 쓰지도 못할 거라고 생각
했던 아이템들.

하지만 레벨 80을 넘기지 못한 오대수가 파도잡이의 창을
쓰고 있었다. 어쩌면 섭종 보상은 수준이 안 맞아도 쓸 수는
있는 걸지도 몰랐다.

비록 레벨이 낮아, 천무지체처럼 '페널티' 비슷하게 당하
는 것 같지만.

'문제는 내가 가져온 게 그냥 무기가 아니라는 건데.'

인벤토리에서 꺼낸 건 한 권의 책이었다. 정보를 확인하
고자 내려다보니 미간이 구겨질 수밖에 없는 정보만 적혀
있었다.

봉인된 책

자격이 없다면 사용할 수 없다.
공격 : 0
등급 : L

*봉인을 해제하려면 자격이 필요합니다.

이건 아예 쓰지도 못하겠네.

강서준은 한숨을 밀어내며 일단 아이템을 보관했다.

사실 어느 정도는 예상했던 일.

등급만 해도 무려 레전드인 이 아이템은 강서준을 랭킹 1

위로 등극시켜 준 1등공신이었다.

이 정도 제한은 당연하다면 당연한 일.

여기서 다행인 건 이 책의 봉인을 푸는 법을 다른 사람은 몰라도 강서준은 또렷이 기억한다는 것이다.

'조만간 또 고생 좀 해야겠지.'

강서준은 봉인된 책을 밀어 두고, 나머지 섭종 보상을 확인했다. 어쩌면 이쪽이 더 큰 문제일 수도 있었다.

단순히 아이템이 아닌 건 '이것'이니까.

애초에 이걸 쓸 수는 있나.

이거 구하는 시점의 레벨이 150 무렵이었는데.

그는 조심스레 인벤토리에서 그것을 꺼내 봤다. 생김새는 귀여운 다람쥐 모양의 인형이었다.

"오랜만이네."

그때 예상치도 못한 일이 벌어졌다.

['고롱이'가 주인의 의지에 반응합니다.]

"……응?"

['고롱이'는 배가 고프다며 아우성입니다.]
['고롱이'는 적절한 영양을 공급할 것을 강조합니다.]

그러더니 인형이 빙글빙글 돌면서 사방을 둘러봤다. 고롱이는 다소 터무니없는 말을 내뱉었다.

['고롱이'는 사방에서 나는 맛있는 냄새에 환호합니다.]

고롱이의 정체는 마수 그래고리.
드림 사이드에서 한시도 떨어지지 않고 같이 붙어 다녔던 케이의 하나뿐인 펫.
하지만 이건 있을 수 없는 일이었다.
왜냐면 고롱이가 반응하는 건 딱 하나니까.
'던전.'
고롱이는 던전을 먹는 마수였다.
강서준은 귀여운 날다람쥐 인형을 가만히 내려다봤다.
레벨 150쯤에 만난 그의 오랜 펫이자, 세 번째 섭종 보상.

「마수 그래고리」

그에게 있어 다른 이름은 고롱이.
'고롱이는 던전에서 나고 자란 것만 먹는다는 설정이 있었어.'
인간의 음식은커녕 던전 이외의 것은 그 어떤 것도 입에 대질 않는 특이체질을 갖고 있었다.

즉, 고롱이가 무언가에 반응을 가졌다는 건 반드시 그것이 '던전'과 관련이 되었다는 건데.

'왜 여기서 고롱이가 반응을 한 거지?'

이곳은 생존자들이 거주 구역으로 개조한 버려진 플랫폼이었다. 고롱이가 반응해도 될 것들이 있어선 안 되는 장소인 것이다.

'플레이어에게 반응하는 건가?'

잠시 그렇게 생각해 봤지만 고롱이가 여태 플레이어에게 반응을 한 적은 단 한 번도 없었다.

'혹시 스켈레톤이……?'

던전 브레이크로 파생된 스켈레톤이라면 고롱이가 반응할 만했다. 오늘에야 던전에서 나온 따끈따끈한 녀석들이 그 냄새가 오죽 독할까.

하지만 강서준은 그 생각도 접었다.

'난입했다면 벌써 공격했겠지.'

E급의 몬스터는 지성이 부족하다 못해 없는 수준이었다. 하물며 걸어 다니는 시체일 뿐인 언데드 계열의 스켈레톤이 생각을 할까.

더더욱 뒷일을 생각하지 않는 게 정상이었다.

강서준의 눈매가 가늘어졌다.

결국 고롱이가 냄새를 맡았다는 두 가지 가능성을 나타냈다.

'고롱이의 감각 기능에 이상이 생겼거나, 진짜 이곳에 뭔가가 있거나.'

강서준은 일단 전자에 무게를 두기로 했다. 이 시점에서 활성화된 고롱이를 곧이곧대로 믿는 건 어리석은 생각이었으니까.

'페널티가 적용됐을 수도 있어.'

규격을 벗어난 섭종 보상은 일단 페널티를 먹게 된다. 천무지체의 기능이 전부 봉인됐듯, 고롱이는 본래 능력을 10분의 1도 사용하지 못하는 상태일지도 몰랐다.

실제로 인형이 되어 버리지 않았는가.

'고롱이가 가장 자신하던 능력이 마침 후각이고.'

고롱이는 후각을 활용하여 던전을 탐색하거나 숨겨진 아이템을 찾아내는 능력이 탁월했다.

페널티를 받는다면 그 후각 센서부터 건드렸을 것이다.

'역시 착각일까?'

가만히 주변을 둘러보던 강서준은 문득 사람들의 모습에서 기이한 점을 몇 가지 발견할 수 있었다.

얼굴에 띤 홍조, 가빠진 숨.

낮게 신음을 흘리며 누워 있는 사람들은 단순히 아픈 사람이라고 보기엔 꺼림칙한 증상들이 있었다.

그중 새카맣게 변색된 손톱을 보면서 강서준은 침음을 삼켰다.

'······그렇게 된 거였군.'

불행하게도 가능성은 후자 쪽으로 추가 기울었다.

잠시 후, 생존자 캠프의 한쪽.

사람들은 심각한 얼굴로 입을 열고 있었다. 대다수의 시선이 오대수에게 고정되었다.

"스켈레톤을 잡으러 간다고요?"

"네."

"긁어 부스럼이 아닐까요?"

스켈레톤을 사냥하자는 오대수의 주장에 사람들은 반대 입장을 밝혔다.

이유는 E급의 던전으로 무리해서 들어가는 것과 전제부터 다르다는 것이다.

상황이 바뀌었다.

그때는 '던전 브레이크'로 파생될 처치 불가 던전인 D급 던전의 생성을 막아야 했다.

하지만 지금은 스켈레톤을 피하려고 한다면 얼마든지 피할 수 있는 상황.

조금만 숨어 지낸다면 스켈레톤은 서울의 곳곳으로 흩어질 것이고, 그들은 위협으로부터 안전해진다.

사람들은 군이 위험을 감수하며 스켈레톤 사냥을 해야 하는지에 대해서 이해할 수 없었다.

　오대수는 솔직하게 말했다.

　"위험하겠죠. 다들 지쳤고, 상대는 무려 E급의 던전 몬스터니까요. 결코 쉬운 일이 아닙니다."

　오대수는 잠시 침을 삼켰다가 말했다.

　"하지만 필요한 일이에요. 이대로 스켈레톤이 서울을 활보하게 놔둘 수는 없잖아요."

　"그야 그렇지만……."

　던전 브레이크로 파생된 몬스터는 활동 반경에 제약이 없었다. 제멋대로 던전을 벗어난 만큼 어디든 양껏 갈 수 있었다.

　오대수는 그런 상황 자체를 막고 싶었다.

　"그리고 이건 기회일 수도 있어요."

　"기회요?"

　"렙업의 기회요."

　사람들의 시선이 약간 바뀌었다.

　레벨 업.

　과거라면 게이머를 제외하고는 신경조차 쓰지 않을 얘기였을 테지만, 지금은 달랐다.

　레벨 업은 남녀노소를 불구하고 가장 중요하게 생각하는 삶의 요소.

"밖에 있는 스켈레톤은 던전에 있던 놈들과 다릅니다. 많이 약해졌죠. 여러분이 생각하는 것보다 훨씬 많아요."

"그건 무슨 소리죠?"

"두 가지 이유가 있어요."

어느덧 주목을 이끈 오대수는 차차 말을 이어 나갔다. 또한 마냥 불안해하던 사람들의 얼굴 표정이 다른 색깔을 보이기 시작했다.

"던전 몬스터는 던전 안에 있기에 강해요."

던전에선 '던전의 축복'이라는 몬스터들에게만 적용되는 일종의 버프 효과가 있었다.

같은 등급의 몬스터라도 던전 내부의 몬스터가 한층 더 강한 것이다.

한데 던전을 벗어나면 당연히 던전 버프는 적용될 수 없다. 던전 브레이크로 파생된 몬스터는 전보다 약해지는 것이다.

하물며 지금은 낮.

햇빛이 강렬한 때, 언데드는 전반적으로 약해진다.

'도합 두 개의 너프가 적용된 거야.'

어쩌면 레벨이 부족한 사람도 고렙의 몬스터를 힘 안 들이고 쉽게 사냥할 수 있는 절호의 찬스였다.

"강요는 하지 않습니다. 목숨이 달린 문제니까요. 선택은 여러분의 몫입니다."

어느덧 흐름은 바뀌고 사람들의 의견은 반으로 나뉘었다.

찬성과 반대.

그렇게 '스켈레톤 사냥조'와 '캠프 방어조'가 만들어진 것이다.

강서준은 당연하다면 당연하게도 사냥조를 선택했다.

이유는 간단했다.

'레벨 업을 할 기회를 놓칠 수야 없지.'

햇빛 아래의 스켈레톤은 이동속도도 현저하게 느려졌다. 던전을 빠져나간 몬스터들은 이곳 반주동 반경 안에서 아직 서성이고 있을 확률이 더더욱 높은 편.

그리고 강서준에게 있어 그건 고작 경험치 덩어리들이었다.

석 달 동안 튜토리얼 퀘스트에 얽매여 있던 그에게 있어 아주 단비와도 같은 소식이 아닐 수 없었다.

'찾을 것도 있고.'

무엇보다 이쪽이 메인이었다.

"사냥조는 전부 이쪽으로 모여 주세요."

한편 사냥조의 사람들은 플랫폼을 벗어나기 전에 간단히 소개를 겸한 브리핑을 하기로 했다.

신입이 몇몇 늘어서 필요한 과정이라고 들었다.

먼저 오대수가 화두를 열었다.

"저는 오대수입니다. 다들 알다시피 경찰이고요. 근접 전투는 어느 정도 자신 있습니다.”

강력계 출신인 만큼 움직임 자체는 기민한 편이었다. 아직 레벨이 낮아 창술도 부족하고 그 수준은 모자랐지만…… 잠재 가능성은 누구보다 높았다.

“저는 공지원이고요. 영업사원이었습니다. 지금은…….”

“저는.”

“전.”

단점은 오대수의 자기소개가 잘못된 양식을 만들어 냈다는 점이었다. 그가 TMI처럼 자신의 과거 직업까지 풀어 말한 게 점차 부풀려지고 있었다.

쯧.

이 자리가 MT의 레크레이션 자기소개 시간도 아니고.

이윽고 최하나의 차례가 왔다.

“최하나입니다. 레벨 79. 총 잘 쏴요.”

그것으로 끝이었다.

간단명료하면서도 그녀의 포지션만은 명확하게 알려 주는 소개.

구태여 아이돌 가수였던 과거를 언급하지 않아도 바로 이해할 수 있었다.

‘굳이 과거에 어떤 사람이었는지 중요하지 않아.’

더도 말고 덜도 말고.

말해야 하는 건 앞선 전투에서 그가 무얼 할 수 있는지였다.

오히려 그 이외의 정보는 독이었다.

'사망 플래그는 세우지 말아야지.'

만약 전장에서 죽기라도 한다면 남은 사람은 어떡한단 말인가. 정은 가능하면 쌓질 않는 게 좋았다.

그리고 다음이었다.

"저는 장기용이라고 하고요. 아버지 회사에서 일했어요. 집은 강남에 하나, 서초구에 하나, 이 일이 터지기 전에는 이 근처에 집을 사러……."

와, TMI.

오대수 뺨칠 TMI 폭격에 사람들은 금세 지쳐 갔다. 흔히 말하는 투 머치 토커. 들으면 들을수록 쓸모없는 정보만을 나열하는 게 참으로 대단했다.

그래도 뽑아낼 수 있는 유익한 정보가 하나 정도는 있었다.

'나름 드림 사이드 1의 플레이어.'

그도 오대수와 마찬가지로 섭종 보상을 가진 경험자였다. 어째서 그의 복장은 다른 사람들에 비해서 유난히 깔끔한 모양인지 궁금했는데.

저 옷 자체가 장비였던 모양이었다.

'기억나. 저 옷…… 비싸기만 더럽게 비싸면서 효율은 단 1도 없는 이벤트 캐시 템.'

현질이 필요한 아이템이지만 코스튬 이외의 기능은 전혀 없는 옷이었다. 성능 면에서는 깔끔하게 옷차림이 유지된다는 것뿐인 쓸모없는 아이템.

강서준에게 있어 그저 쓰레기나 다름없었다.

"경험자인 만큼 여러분들이 다치지 않도록 최선을 다하겠습니다. 저만 믿으십쇼!"

겨우 끝난 자기소개.

약간 지친 사람들의 표정을 뒤로하고 만족한 장기용이 물러났다.

다음은 강서준의 차례였다.

먼저 오대수가 입을 열었다.

"자, 다음은 모두 생소하실 텐데요."

강서준은 자신에게 쏟아지는 시선을 대수롭게 넘기며 앞으로 나섰다. 대개 그를 몰라보는 눈치였다.

당연했다.

강서준이 전투에 직접적으로 참여한 건 오대수를 구하기 위해 황동수 일당을 처치할 때와 보스 몬스터를 잡을 때뿐.

그는 그저 외부자였고.

쭈욱 방관자처럼 따라만 다녔으니, 애초에 다른 사람의 시선에선 존재감이 거의 없었다.

해서 고민이 됐다.

무어라 자신을 설명할까.

가진 능력? 레벨? 무얼 할 수 있는지?

일단 그가 입을 열려고 할 때였다.

"저는–."

"혹시 너 강서준이냐?"

장기용이 대뜸 말을 잘라 먹으며 끼어들었다. 하등 쓸모없는 슈트를 뽐내며 그가 말했다.

"맞지? 반주고 강서준."

"……절 아십니까?"

"알지. 너 꼬질이잖아."

강서준은 10년 전 어느 기억을 떠올렸다. 그다지 좋은 기억은 아니었지만 선명하게 떠오르는 몇 개의 얼굴이 있었다.

그중 아주 못생겼던 한 놈이 있었는데.

그놈 이름이.

'설마…….'

"나야, 장기용!"

잊고 지냈던 불쾌한 기억.

강서준보다 한 뼘 키가 커서 한 걸음 다가오니 내려다보는 위치가 된 장기용은 만족한 듯 웃었다.

"여전히 꼬질하네. 한눈에 알아봤어."

장기용은 서슴없이 악수를 청해 왔다. 강서준이 멀뚱멀뚱 바라만 보자 그는 머쓱한 얼굴로 손을 뒤로 뺐다.

하지만 순간적으로 스쳐 지나간 살기.

강서준은 미간을 좁히며 대답했다.

"넌 몰라보게 변했네. 그 정도면 환생한 수준인데."

도대체 얼굴에 얼마를 쏟아부은 거야.

아까 부모님 재산이고 뭐고 하는 얘기는 거짓이 아니었던 모양이었다. 그렇지 않고서는 저렇게 얼굴을 재건축할 수는 없었겠지.

'이 정도면 의사 선생님에게 평생 절을 해도 모자랄 거야.'

강서준이 속으로 어떤 생각을 하는지 짐작도 못 한 장기용은 비열하게 웃으면서 말했다.

"어떻게 지냈어? 여전히 꼬질한 거 보면 잘산 것 같진 않은데."

"……."

"이렇게 있으니까. 네가 내 빵 사 주던 때가 생각난다. 다 추억이야, 추억."

혼자 상상의 나래에 빠져서 흐뭇하게 웃는 꼬락서니를 보면서도 강서준은 가만히 있었다.

보다 못한 최하나가 나설 때까지도 말이다.

"당신 뭐 하자는 거죠?"

"……네, 네?"

"강서준 씨는 우리의 은인입니다. 당신이 뭔데 은인에게 함부로 막말하는 거죠?"

"은인이라고요?"

최하나는 날카롭게 말했다.

"시시콜콜한 과거사는 됐습니다. 당장 사과하세요. 강서준 씨가 아니었으면 우리는 진즉에 죽은 목숨이었어요."

최하나는 사나운 눈으로 장기용을 노려봤다. 고렙의 플레이어가 화를 내니 상대적으로 저렙인 장기용은 저도 모르게 몸을 움찔했다.

한편 최하나는 강서준을 돌아보며 표정을 싹 바꿨다. 약간 홍조를 띤 얼굴로 말했다.

"죄송합니다. 이러려고 브리핑을 한 게 아닌데."

"괜찮습니다. 병신한테 먹이는 그만 주고 마저 브리핑이나 하죠."

장기용이 살벌한 눈으로 이쪽을 노려봤다.

"……병신이라고?"

뭐, 어쩔 건데.

시선을 맞부딪친 강서준은 가볍게 혀를 차면서 입을 열었다. 생각해 보면 정작 변하지 않는 건 저놈인 듯했다.

'10년 전 일인데.'

강산도 변한다는 10년 전의 일을 아직도 들먹이나. 불과 세 달 만에 모든 게 변해 버리는 것이 이 세상이란 건데.

너무 어이가 없어 피식 웃어 버린 강서준은 '병신에게 먹이는 금지'라는 인터넷 격언을 떠올리며 마저 브리핑을 이었다.

그가 여기서 할 말은 하나였다.

앞선 전투에서 무얼 할 수 있는가.

생각해 보면 그건 한 단어면 충분했다.

"제가 케이입니다."

사람들의 눈에 의문이 떠오르는 순간이었다.

"……방금 뭐라고?"

장기용은 방금 들은 말을 떠올리며 얼굴을 구겼다. 순간적으로 정지된 사고가 재가동을 하자, 먼저 떠오르는 생각은 황당함이었다.

"꼬질이 네가 케이라고?"

그리고 그 반응은 비단 장기용에게 국한된 게 아니었다. 주변의 사람들은 대개 당황한 목소리로 수군거리고 있었다.

그들의 눈동자엔 놀라움보다는 의문이 더욱 가득했다.

일단 믿지 못하는 것이다.

왜일까.

그건 장기용이 누구보다 잘 알았다.

"웃기고 있네."

장기용은 성난 도깨비처럼 눈을 부라리며 앞으로 나섰다. 감히 자신을 모욕하는 것도 모자라 '케이'를 사칭했다는 게 화가 났기 때문이었다.

"감히 그 꼴로 케이 님을 사칭해?"

불같이 화를 내는 그의 눈에 강서준의 복장이 고스란히 담겼다.

그는 알고 있었다.

꼬질한 저 옷들은 튜토리얼 보상인 '허름한 누더기 옷 세트'였다. 또한 꼬질이답게 여기저기 구멍이 나고 찢어진 흔적이 있다는 건 아주 오랫동안 저 옷을 입었다는 증거.

오픈으로부터 세 달 동안 저 옷만 입고 다녔다는 건 즉, 레벨도 바닥에 위치한다는 걸 뜻했다.

'잡몹인 늑대를 잡아도 늑대가죽 갑옷은 나오는 법.'

장기용은 확신할 수 있었다.

이놈은 초보자다.

감히 초보자 주제에 케이 님을 사칭하고 있다.

'무엇보다 꼬질이가 케이 님일 리가 없잖아.'

사실 장기용은 케이를 오랫동안 좋아했던 '팬'이었다. 드림 사이드 1에서도 케이를 너무 좋아해서 따로 영상 클립도 모아 둘 정도로 케이를 선호했다.

'최하나 님도 속고 있는 거야.'

장기용은 강서준의 뻔뻔한 얼굴을 노려봤다. 누가 보면 진짜 그가 케이인 줄 알 정도로 연기력이 대단했다.

'내가 밝혀내야 해.'

장기용은 나름의 사명감을 갖고 입을 열었다.

"너 레벨이 몇인데?"

"37."

그 답에 장기용이 잠시 멈칫했다. 동시에 사람들의 시선도 바뀌는 걸 확인했다. 장기용은 헛웃음을 지으며 다시 입을 열었다.

"37? 고작 37이라고?"

그럼 그렇지. 꼬질이가 변한 건 없었다. 장기용은 미간을 팍 구기면서 말했다.

"대책 없는 새끼네…… 진짜. 할 게 없어서 케이 님을 사칭하냐?"

"뭐?"

"케이 님은 랭킹 1위였어. 다른 랭커들도 레벨이 100을 넘기는 이 시점에서 케이 님의 레벨이 37이라는 게 말이 돼?"

장기용의 말을 들은 강서준은 가만히 그를 올려다보고 있었다. 장기용은 그 기세를 몰아 한마디 말을 덧붙였다.

"그리고 케이 님은 한국인이 아니야. 너 그것도 몰랐지? 꼬질아. 사칭하려면 좀 자세히 알아보고 했어야지."

한데 장기용의 말이 끝났는데도 강서준은 아무런 대답도 없었다. 그게 이상해서 물어보니 겨우 돌아오는 말이 있었는데.

"병신에게 먹이는 안 준다니까."

"너…… 꼬질이 주제에 진짜!"

이후 그들은 바로 사냥을 나섰다.

따로 조를 나누진 않았다.

스켈레톤은 최대 50대 몬스터. 전반적으로 40 전후의 플레이어가 태반인 반주역의 사람들은 제아무리 약화된 스켈레톤이라도 1 대 1은 장담 못 했기 때문이었다.

해서 한데 뭉쳐 걸어가는 데에 강서준은 눈을 이리저리 빠르게 굴리면서 뭔가를 찾고 있었다.

'골목.'

'왼쪽 상가.'

'측면 자동차 아래.'

강서준이 체크한 부분마다 금방 스켈레톤이 튀어나왔다. 마치 미래 예지와도 같은 수준으로 몬스터를 체크해 나가던 강서준이 멈춰 선 곳은 네 방향으로 뻥 뚫린 교차로였다.

오대수가 외쳤다.

"전투 준비!"

사방에서 우후죽순 밀려오는 스켈레톤의 떼가 마치 해일처럼 보였다. 놈들이 근접하니 먼지가 우르르 몰려와 시야를 가렸다.

전투는 금방 시작됐다.

"절대 떨어지면 안 돼요! 스켈레톤 한 마리에 두 명씩 달라붙습니다!"

순식간에 밀려오는 언데드의 파도 속에서 플레이어들은 각자의 기량을 뽐냈다. 아무래도 두 개의 너프가 영향이 크긴 큰 모양.

스켈레톤들은 생각보다 쉽게 쓰러졌다.

문제는 그 숫자가 많다는 건데.

그조차 최하나가 본격적으로 총을 난사하기 시작하니, 스켈레톤의 대열은 구멍이 뻥 뚫리고 있었다.

그리고 강서준이 검을 들고 사냥에 나서려고 할 즈음이었다.

"걸리적거리지 말고 비켜. 레벨 37짜리가 뭘 하겠다고."

"……?"

"꼬질아, 잘 봐 둬. 이게 진짜 고인물이란 거다."

느닷없이 장기용이 강서준의 앞에 서서 칼춤을 추는 것이다. 어설픈 검기가 스켈레톤의 곳곳을 부쉈다. 나름 경험자라 그런지 레벨도 좀 높은 편인 듯, 결국 스켈레톤을 혼자서 죽이는 데에 성공했다.

이를 보면서 강서준은 미간을 구겼다.

'스틸인가?'

하지만 장기용의 행동에선 별다른 악의가 느껴지진 않았다. 고딩 시절의 일진을 10년 만에 만나 감회가 새롭긴 했지만, 생각해 보면 이놈이 그렇게까지 나쁜 놈은 아니었던 걸로 기억한다.

'그래도 신사적이었지.'

빵셔틀을 시키겠다고 5만 원을 쥐여 주는 놈이었다. 그때부터 재벌이었는지 놈이 빵값을 잘 몰라서 생긴 해프닝이었다. 이제 와서 밝히는 거지만 강서준은 종종 알아서 빵셔틀을 자원했었다.

'49,000원짜리 알바.'

빵만 사 와도 49,000원이 생기는 초고효율 알바. 이놈 말투가 다소 기분 나빠서 문제였지, 나름 상도의가 있는 일진이었다.

강서준은 장기용을 가만히 보다가 어깨를 으쓱이며 뒤로 물러났다. 10년 전에 저놈 덕분에 든든하게 학교 생활을 했었으니까. 이번엔 조금 양보를 해 줘도 좋을 것 같았다.

어차피 이번 사냥은 그의 레벨 업보다는 반주역의 플레이어들의 성장이 목적이었으니까.

그가 레벨 업을 할 기회는 아직 많이 있었다.

'그래. 지금은 렙업보다 중요한 게 생겼으니까.'

해서 강서준은 노선을 바꾸기로 결정했다.

['고롱이'가 '녹슨 장검'을 먹었습니다.]

[포만도가 0.1% 올랐습니다.]

['고롱이'가 '부서진 투구'를 먹었습니다.]

[포만도가 0.1% 올랐습니다.]

['고롱이'가 '스켈레톤의 탈골된 오른팔 뼈다귀'를 먹었습니다.]

[포만도가 0.1% 올랐습니다.]

'차라리 잘됐어.'

전투에 완전히 미련을 접고, 가능한 한 쓰러진 스켈레톤을 헤집고 다녔다. 사람들의 신경이 전투에 집중된 사이 마음 편히 고롱이에게 먹이를 공급할 수 있었다.

완전 노다지였다.

던전에 들어가지 않고도 고롱이의 배를 불릴 수 있다니.

게다가 포만도가 올라갈수록 고롱이의 기능은 점차 회복됐다. 갈수록 더 넓은 범위의 탐색이 가능해서 한 블록 떨어진 스켈레톤까지 찾아냈다.

그리고 어느 시점.

'슬슬 찾아보자.'

그는 두 번째 플랜을 떠올렸다. 사실 밖으로 나온 데에는 스켈레톤 사냥 이외의 목적이 하나 더 있었던 것이다.

'현재의 반주역은 바람 위의 등불과도 같아.'

강서준의 눈매가 날카로워지면서 주변을 보는 시선 자체가 바뀌었다. 앞으로 그가 찾으려 하는 건 고롱이가 아니면 찾을 수 없는 것이었다.

'고롱아, 부탁한다.'

['고롱이'는 가까이에 있는 간식을 주기를 청합니다.]

['고롱이'는 남동쪽을 바라봅니다.]

곧 남동쪽 골목에서 다섯 마리의 스켈레톤이 나타났다. 플레이어들의 시야 밖에 있는 놈들.

강서준은 다른 사람들 몰래 빠르게 접근했다.

콰직!

무기를 뽑을 것도 없었다. 높이 뛰어올라 머리부터 밟았다.

쉽게 허물어지는 뼈다귀들.

식후 운동거리도 안 될 놈들을 둘러보며 강서준이 말했다.

"고롱아, 좀 더 감각을 발휘해 봐. 더 맛있는 게 보일 거야. 안 그래?"

['고롱이'는 아직 배가 고프다며 큰 소리를 냅니다.]

"끙……."

강서준은 대충 방금 쓰러트린 스켈레톤을 고롱이의 앞으로 진열했다. 고롱이의 눈이 빛나면서 청소기가 빨아들이듯 스켈레톤을 먹어 치웠다.

다시 봐도 신기한 장면이었다.

움직이지도 않으면서 음식은 어찌나 잘 먹는지.

['고롱이'의 포만감이 30%를 넘었습니다.]
['고롱이'는 가 더욱 먼 곳의 냄새를 맡을 수 있습니다.]

나이스.

고롱이는 이제 시야 밖으로 돌아다니는 스켈레톤까지 캐치할 수 있었다.

고롱이가 또 말했다.

['고롱이'는 가까이 간식이 걸어 다닌다고 환호성을 지릅니다.]

"다른 거."

['고롱이'는 가까이 간식이 자신을 기다리고 있다고 확신합니다.]

"말고."

['고롱이'는 가까이 먹음직한 간식이 비틀대고 있다고 강조합니다.]
['고롱이'는 가까이 조금 양이 부족한 간식을 확인합니다.]
['고롱이'는⋯⋯.]

던전 브레이크의 여파인가.

확실히 스켈레톤이 많긴 많았다.

강서준은 반복되는 메시지에서 오는 지루함을 견뎌 내며 꾸준히 고롱이에게 먹이를 대령했다.

시간은 흘렀고 어느덧 시가지의 외곽까지 도착했다. 고롱이의 포만도도 벌써 40%는 넘긴 시점.

오대수는 서쪽으로 저무는 해를 보면서 말했다.

"슬슬 돌아갑시다. 해가 저물고 있어요. 곧 언데드에게 버프가 생길 시간입니다."

지쳤던 플레이어들은 모두 만족한 얼굴로 고개를 끄덕였다. E급 던전 탐사에 이은 전투였지만, 위험을 감수한 만큼의 보상을 얻었기 때문이었다.

다들 이번 전투로 2~3 정도의 레벨 업을 해냈다. 고작 수 시간에 얻어 낸 보상치고는 훌륭했다.

또한 던전 브레이크로 인해 무방비하게 풀려났던 스켈레톤의 숫자도 줄일 수 있어서 보람도 느꼈다.

이대로 돌아가도 충분하리라.

하지만 그때였다.

['고롱이'는 눈앞의 진수성찬에 눈을 빛냅니다.]

고롱이가 몸을 떨어 대면서 해가 저무는 서쪽을 바라봤다. 인적이 드문 건물에 문이 부서진 작은 꽃집이 하나 있었다.

저곳이다.

강서준은 확신할 수 있었다.

"다들 얼른 돌아가서 오늘은 푹 쉬도록 합시다."

"네!"

집으로 돌아갈 생각으로 설렘 가득한 얼굴의 사람들. 하지만 강서준은 대뜸 오대수의 어깨를 잡았다.

"형사님."

"무슨 일이죠?"

"하나만 더요."

강서준이 꽃집을 가리켰다.

"마지막으로 저기만 확인하고 갑시다."

사람들의 얼굴이 보기 좋게 구겨졌다.

허름한 꽃집.

깨진 유리창 너머로 죽은 꽃들이 가득한 곳.

결국 오대수는 강서준의 의견을 따라서 꽃집까지 확인하기로 했다.

앓는 소리를 내는 사람들을 향해 오대수가 애써 입을 열었다.

"밤이 되기까지 얼마 안 남았어요. 시간은 오래 못 씁니다. 속전속결로 처리하고 갑시다."

"네!"

하지만 꽃집으로 진입하자마자 사람들은 얼굴을 구기며 긴장해야 했다. 문을 하나 넘었을 뿐인데, 분위기가 반전된 것이다.

강서준은 소매로 코를 막으며 생각했다.

'독하다.'

눈에 보일 정도로 떠다니는 하얀 포자들. 이건 고작 먼지가 아니었다. 강서준은 뒤따라 꽃집으로 들어오는 사람들을 향해 말했다.

"다들 코를 막아요."

"네?"

"빨리요."

한편 최하나는 진즉에 소매로 코를 막고 있었다. 벌써 HP 포션을 소매에 적신 걸 보면 이 포자들의 정체도 알아차린 모양이었다.

그녀와 똑같이 소매로 코를 막은 오대수가 물었다.

"……이게 다 무슨 일이죠? 스켈레톤은요?"

강서준은 대답하지 않고 꽃집 내부를 꼼꼼히 탐사하기 시작했다. 죽어 버린 꽃들 사이로 흩날리는 하얀 포자를 헤집고 더욱 깊숙이 들어갔다.

안쪽에 화원이 있었다.

그리고 작게 빛나는 '붉은 문'.

뒤따라 다가온 오대수가 침음을 흘렸다.

"……던전?"

[E급 던전 '죽음의 화원'을 발견하였습니다.]

[퀘스트가 도착했습니다.]

퀘스트 – 바이러스 박멸

분류 : 서브

난이도 : E

조건 : '포자 바이러스'를 뿜어내는 죽음의 화원 속 원흉 '플랜트 킹'을
제거하십시오.

제한 시간 : 30분

보상 : 플랜트 킹의 꽃망울

실패 시 : 던전 브레이크

*'포자 바이러스'는 던전병을 유발합니다. 가까운 마을의 NPC의 상태를
확인하십시오.

*현재 이 던전은 한 차례의 던전 브레이크가 일어난 상태입니다. 감염이
되지 않도록 주의하십시오.

죽음의 화원

폐쇄된 상가에 숨겨진 화원.

[E급 던전 '죽음의 화원'을 발견했습니다.]

강서준은 자신의 허리까지 오는 크기의 작은 문을 바라보며, 자신의 생각이 맞았음을 확신했다.

'여기야. 이곳이 바로 반주역에서 고롱이가 반응했던 이유야.'

반주역의 사람들.

그들은 병을 갖고 있었다.

손끝이 거뭇하게 변하고 얼굴에 홍조를 띠면서 열과 함께 끙끙 앓다 쓰러지는 증상들.

전부 이 던전 때문에 벌어지는 현상이었다.

'던전병.'

드림 사이드에는 다양한 던전이 존재했다.

무너진 학교처럼 언데드가 출몰하는 지역부터, 고블린, 오크 등이 등장하는 평범한 던전.

특유의 장르를 지닌 '테마 던전'이라는 것도 있었다.

그중 '죽음의 화원'은 특이하게도 움직일 수 없는 몬스터인 '식물형 몬스터'가 등장하는 던전이었다.

'알고 보면 가장 까다로운 곳이지.'

죽음의 화원에서의 던전 브레이크는 몬스터를 밖으로 배출하지 않는다. 애초에 식물만 가득해서 움직일 수 없는 것이다.

대신 놈들은 '포자 바이러스'라는 걸 배출하는데.

'그게 던전병을 유발해.'

말하자면 반주역의 사람들은 포자 바이러스에 감염되어, 던전병에 걸린 것이다.

'그러니 고롱이가 반응할 수밖에 없지.'

포자 바이러스는 던전에서 파생된 산물이자, 인간의 몸에 기생해서 기어코 '몬스터'로 변이시키는 치명적인 기생충이었다.

'드림 사이드에서도 비슷한 사건은 있었어.'

언제였더라. S급 던전 '죽음의 화원'을 공략하는 퀘스트를 받은 적이 있었다. 그때 바다 한가운데에 있는 섬으로 갔었는데.

'그곳의 주민들은 모두 몬스터로 변해 있었지.'

강서준이 던전병에 대해서 자세히 알게 된 연유도 해당 퀘스트를 수행하던 중, 마을의 의사가 변이 전에 적어 둔 일지를 발견한 덕이었다.

중요한 정보였었다.

이후 퀘스트를 공략하는 내내 두고두고 써먹었고, 죽음의 화원이란 던전을 수차례 겪어 봤으니.

그는 누구보다 빠르게 진상을 파악할 수 있었다.

'반주역의 생존자들은 NPC들과 같은 상황에 빠진 거야.'

포자 바이러스는 플레이어에게 큰 영향을 주진 못했다. 선택의 미로를 겪으면서 '플레이어'는 던전에 대한 기본적인 저항력이 생기기 때문이었다.

하지만 플레이어가 아닌 사람은 여타 다른 NPC들처럼 저항력이 0에 가까운 수준이었다.

'물론 던전의 등급이 올라가면 플레이어도 감염이 이뤄지겠지만.'

아직 그 정도는 아니었다.

E급 정도의 던전이라면 플레이어의 현재 수준이라도 쉽게 감염시킬 수 없을 테니까.

'문제라면 다들 모르는 눈치라는 건데.'

보아하니 플레이어 중 반주역에 생긴 이변을 알아차린 사람은 몇 없었다. 혹시 오대수나 최하나는 알고 있을까. 못해도 최하나는 눈치를 챘을지도 몰랐다.

그녀도 '죽음의 화원'은 숱하게 깨 봤을 테니까.

"형사님, 곧 해가 집니다. 우리에겐 던전을 공략할 여유는 없어요."

"맞는 말입니다. 밖으로 스켈레톤이 돌아다니는 와중에 던전 공략이라니요! 밤이 되면 우리가 사냥감이 될 겁니다."

해서 그들은 던전 공략에 있어서 회의적일 수밖에 없었다.

곧 다가오는 밤.

낮이라는 환경 덕분에 약화됐던 스켈레톤이 다시 버프를 받아 한층 강해지는 시간이었다.

제아무리 그들이라도 지금보다 강해진 스켈레톤을 상대하는 건 다소 무리가 있었다.

'심지어 몬스터는 밤엔 원래 더 강해져.'

언데드는 밤 버프를 두 개 중첩받을 것이다. 즉, 현시점이 두 개의 너프가 중복된 상태였으니, 반전되어 스켈레톤은 본연의 실력을 발휘하리라.

E급의 던전 몬스터급으로.

하지만 오대수는 쉽게 결정할 수 없었다. 당장 이대로 돌아가는 것도 곤란하기 때문이었다.

"붉은색 문입니다. 던전 브레이크 직전이라고요. 이대로 놔두고 간다면 제2의 스켈레톤이 튀어나올 겁니다."

E급 던전인 죽음의 화원이 던전 브레이크의 징조를 가진 게 문제였다.

무너진 학교처럼 당장 공략해야만 뒤탈이 없는 법. 자칫 잘못하면 E급의 몬스터가 쏟아지고, 던전의 등급도 D급으로 올라간다는 우려를 하는 것이다.

사람들은 한숨을 쉬었다.

"하…… 무너진 학교를 공략했으니 힘든 건 다 끝난 줄 알았는데. 느닷없이 미발견 던전이 나타나다니."

"도대체 어떻게 여태 발견되지 않았지? 이 근처는 전부 수색한 줄 알았는데."

"이렇게 작은 입구가 있을 줄은 꿈에도 몰랐으니까."

사람들의 시선은 화원 내부에 있는 작은 문으로 집중됐다. 일반 성인이라면 허리를 겨우 굽혀야 들어갈 수 있는 크기의 던전.

여태 등장했던 모든 던전의 문이 대궐처럼 컸던 걸 생각하면 '죽음의 화원'은 확실히 비정상적이었다.

"정말 어쩌죠? 던전을 공략하기엔 시간이 없고. 이대로 돌아가기엔 껄끄럽습니다. 형사님…… 좋은 방법이 없을까요?"

사람들의 이목이 집중됐다.

오대수는 신중한 얼굴로 그들을 마주 보면서 결정을 내려야 했다.

그 답은.

'역시…….'

강서준이 예상한 대로였다.

⬥

보랏빛으로 물든 하늘.

구름을 찌를 듯 높이 솟은 초록색 줄기.

독성 물질을 가득 함유한 식물로 둘러싸인 이곳은 E급 던전 '죽음의 화원'이라 불렸다.

오대수는 자신과 보조를 맞추는 세 사람을 둘러봤다.

'최고의 라인업이야. 이것 말고는 좋은 수는 없었어.'

오대수가 결정한 방법은 바로 소규모 공략이었다.

최정예 인원을 선출해서 던전을 공략하되, 나머지 인원은 전원 바로 캠프로 복귀하는 것이다.

다시 생각해도 훌륭한 결정이었다.

'공략은 네 명으로도 충분하니까.'

아니, 사실 두 명으로도 가능한 얘기였다.

최하나와 강서준.

두 사람이면 E급의 던전이고 뭐고, 어떻게든 공략할 사람들이었다. D급 던전이 된 무너진 학교마저 단둘이서 공략하

상위0.001%
랭서의귀환

지 않았던가.

어쩌면 던전 공략은 기정사실이었다.

그때 옆을 걷던 네 번째 멤버, 장기용이 짜증 섞인 목소리를 냈다.

"왜 사칭범 따위를 멤버에 넣은 거죠?"

그는 도통 마음에 안 드는 게 있는지 퉁명스럽게 말했다.

"형사님, 전 정말 이해가 안 됩니다."

"네?"

"이번 임무는 위험해요. 강서준처럼 저렙의 플레이어가 참여하기엔 너무 위험부담이 큽니다. E급 던전이잖아요. 고작 레벨이 40도 못 넘긴 플레이어를 최소 레벨 40의 던전에 데려오다니…… 지금이라도 늦지 않았습니다. 형사님. 자격이 있는 사람을 데려와야 해요."

걱정해 주는 척하지만 말투는 대놓고 강서준을 까내리고 있었다. 이에 오대수는 어깨를 으쓱이며 말을 아꼈다.

'깍두기가 누군지 짐작조차 못하고 있군.'

다시 말하지만 이 던전은 강서준과 최하나, 단둘이서 충분히 공략할 수 있을 것이다.

그럼에도 오대수와 장기용이 공략조에 참여한 이유는 이 던전의 입장 조건이 최소 네 명이기 때문이었다.

'장기용을 뽑은 이유는 옷 때문이고.'

그의 옷은 섭종 보상으로 깔끔한 외견만큼이나 남들의 옷보다는 조금 방어력이 튼튼한 편이었다. 레벨도 준수한 편이니 E급 던전에 들어가도 객사할 것 같진 않으니.

그래서 장기용을 뽑았다.

한데 그는 자신이 최하나와 동격이라도 되는 줄 으스대고 있었다. 몰라도 너무 모르는 것이다.

'쯧······.'

가볍게 혀를 찬 그가 강서준에게 시선을 뒀다. 장기용과는 반대로 고작 누더기 옷을 입고 있었지만 보기만 해도 신뢰가 갔다.

그가 누군가.

오대수는 반짝이는 눈으로 강서준을 바라봤다.

그때 강서준은 무심코 식물 근처로 다가가려는 장기용에게 손을 뻗으면서 경고를 주고 있었다.

"나라면 접근하지 않을걸."

"뭐?"

"위험할 거야."

하지만 장기용은 대놓고 강서준의 말을 무시했다. 식물 근처로 다가가더니 노란색의 열매를 손에 쥐었다.

그가 말했다.

"꼬질아, 이건 던전 사과라는 거야. MP를 채워 주는 훌륭한 아이템이지. 넌 그런 것도 모르냐?"

혹시 장기용도 죽음의 화원에 대해서 알고 있는 걸까. 그도 나름 '경험자'였으니 알고 있어도 이상한 건 아니었다.

문제는 옆에서 권총을 장전하는 소리가 들렸다는 건데.

"싱싱할수록 MP를 더 많이……."

키아앗!

타앙!

사과를 한 입 베어 물려던 장기용의 옆으로 마탄이 스치듯 날아갔다. 총알은 나무의 한 부위를 관통하고 바람처럼 사라졌다.

"……허억."

장기용은 어느덧 자신의 주변을 뒤덮은 나뭇가지를 확인했다. 전부 뾰족한 가시가 돋아난 상태였다. 조금만 늦었으면 빼도 박도 못 했을 것이다.

"가, 감사합니다."

최하나는 장기용의 감사 인사를 가뿐히 무시했다. 그러고는 강서준에게 다가가 스스럼없이 대화를 나눴다.

이를 보면서 장기용의 얼굴은 썩어 버린 토마토처럼 새빨갛게 익어 갔다.

오대수는 미간을 짚으며 속으로 중얼거렸다.

'……잘못 데려왔나.'

차라리 겁은 많아도 사고는 안 칠 '공지원'을 데리고 오는 게 나았다. 영업사원 출신이라 그런지 눈치가 기가 막히게 빠른 편이었으니까.

하지만 후회는 아무리 해도 늦었다.

오대수는 어깨를 으쓱이며 강서준과 최하나의 대화에 합류했다.

들어 보니 두 사람은 '해독법'에 대한 이야기를 나누고 있었다. 오대수는 화들짝 놀라면서 물었다.

"강서준 씨도 알고 계셨습니까? 언제부터요?"

"반주역에 들어서자마자요. 바로 보이던데요."

"……역시 케이 님은 모르는 게 없군요."

오대수는 미간을 좁히며 강서준을 바라봤다. 역시라는 말이 당연히 어울릴 정도로 그의 뒤편으로 후광이 돋아나는 것처럼 느껴졌기 때문이다.

오대수는 나름 확신하는 게 있었다.

'레벨이 37일 리가 없지.'

강서준은 D급의 보스 몬스터를 혼자 묶어 둘 정도로 대단한 전투력을 갖고 있었다. D급의 보스 몬스터라면 최소 120에 근접하는 수준이니 강서준도 얼추 그와 비슷하다고 생각하면 될 것이다.

가히 전 랭킹 1위의 위용다웠다.

한편 오대수는 강서준이 왜 레벨을 숨기는지를 추측할 수 있었다.

'워낙 흉흉한 세상이니까.'

그렇다면 왜 '케이'라는 닉네임을 밝혔는지는 모를 일이었지만, 강서준이 하는 일이었다. 본래 케이의 행보는 이해하기 어려운 일들로 가득했다.

그가 모르는 모종의 이유가 있을 것이다.

오대수는 그렇게 이해하기로 했다.

어차피 일반인의 잣대로 천외천을 납득한다는 건 불가능한 일이었으니까.

"보스방입니다."

오대수는 강서준의 말에 상념을 완전히 접어 버렸다. 뭐가 됐든, 당장 중요한 일은 가능한 한 빨리 죽음의 화원을 공략하는 일이었다.

"어마어마하네요."

죽음의 화원의 보스방은 온실처럼 꾸며져 있었다. 모자이크된 통창 안에는 보라색의 거대한 뭔가가 흐릿하게 보였다.

바로 알았다.

'죽음의 화원의 주인인 보스 몬스터 플랜트 킹!'

품종은 해바라기.

해를 바라보듯 누군가의 죽음만을 바라본다며 고인물 사이에선 '데스바라기'라고도 불리는 존재.

게임에서도 본 적이 없었고, 실물로도 처음인 오대수는 나지막이 침을 삼켜야 했다.

위압감이 장난이 아니었다.

레벨은 70 언저리로 예상되지만 실상 놈의 전투력은 80은 가뿐히 넘을 것이다.

이름에 '왕'이 들어갔기 때문이었다.

'왕은 다른 보스 몬스터보다 더 강해.'

오대수는 일행을 돌아보면서 말했다.

"플랜트 킹을 잡으면 '꽃망울'을 구할 수 있어요. 치료제의 재료죠."

"치료제요?"

"네. 반주역의 환자들을 고칠 수 있을 겁니다."

구태여 장기용에게 내용을 설명해 줄 필요는 없었다. 여기까지 오는 내내 그들이 한 토론의 내용만 해도 얼추 상황을 알아차릴 수 있을 테니까.

"꽃망울을 빻아서 물에 우려내면 던전병을 해독하는 치료제가 만들어진다고 해요. 그것이 반주역의 유일한 희망입니다."

오대수는 강서준과 최하나를 향해 간절히 부탁하는 어조로 말했다. 한데 대답은 전혀 다른 쪽에서 들려왔다.

"네, 저만 믿으십시오."

장기용이었다.

❧

보스방.

상위0.001%
랭커의귀환

온실로 들어선 일행은 머리맡으로 드리운 거대한 보라색 꽃을 올려다봤다.

보스 몬스터, 플랜트 킹.

이름에 괜히 '왕'이 들어간 게 아닌 듯, 크기부터 남다른 놈이 살벌한 살기를 뿜어냈다.

냄새 한번 고약하네.

어찌 꽃에서 하수구 냄새가 나는지는 모를 일이었지만, 일행은 입장과 동시에 흩어질 수밖에 없었다.

츄아아악!

토악질을 하듯 뱉어 낸 무언가.

채찍처럼 휘둘러지는 초록색 줄기!

그들이 선 자리는 독성 액체로 녹아내렸고, 고작 식물의 줄기는 폭탄이라도 터뜨린 듯 땅을 움푹 파냈다.

이놈은 깜빡이도 안 켜고 공격부터 날리네.

죽음의 화원은 대개 선공 몬스터가 없어서 편했는데, 보스는 확실히 다르긴 달랐다.

혹시 지능도 있는 건 아니겠지?

"다들 괜찮습니까!"

오대수의 물음에 최하나가 한 답변은 공격이었다. 총성이 울리면서 플랜트 킹의 꽃잎 하나를 명중시켰다.

타앙!

키이이잇!

분노하는 플랜트 킹의 공격이 재차 다가왔지만 최하나는 눈썹 하나 꿈틀거리지 않고 모두 피해 냈다.

다음은 장기용이었다.

"꼬질아, 비켜! 방해되잖아!"

그는 자리에서 일어나 검을 휘두르면서 달려갔다. 겁도 없는 그 행동에 강서준은 잠시 벙 찐 얼굴을 했다.

플랜트 킹에 대해서 뭔가 알고 저러는 걸까.

미간을 좁혀 그 뒷모습을 응시하던 강서준은 한숨과 함께 그에게 다가갔다. 그리고 그의 뒷덜미를 뒤로 잡아끌었다.

"크윽! 뭐, 뭐야!"

바닥에 엎어져서 고개를 든 장기용의 눈앞으로 작은 꽃들이 성난 이빨을 드러내고 있었다.

땅에 숨어 있던 소형 플랜트들이 상어 이빨처럼 날카로운 가시를 금방이라도 찌를 기세로 노려보는 것이다.

강서준이 말했다.

"플랜트 킹의 근처는 이런 플랜트들이 가득한 게 상식이야. 대비하지 못했으면 섣불리 접근하지 않는 게 좋아."

"……아, 알고 있었어."

어련하시겠나.

강서준은 눈을 금빛으로 빛내며 전장을 둘러봤다.

장기용에게 말했듯, 플랜트 킹의 근처로 다가가려면 무수한 플랜트 밭을 지나가는 건 필수였다.

그리고 플랜트는 피라냐 떼처럼 가까이 다가오는 모든 걸 갉아먹을 준비가 되어 있었다.

오대수가 물었다.

"최하나 님에게 모든 걸 맡기는 수밖에 없겠네요."

"아뇨. 그래선 늦습니다. 먼저 D급으로 진화할 거예요."

"네? 그러면 어떻게······."

그때 최하나가 마탄으로 나무줄기를 튕겨 내면서 말했다. 그는 강서준에게 은근한 시선을 보내고 있었다.

"강서준 씨의 포션이 또 있으면 혼자서도 잡을 수 있는데. 어때요? 또 꺼내고 싶지 않나요?"

현재 플랜트 킹 공략의 가장 큰 문제점은 놈의 에너지 바가 최하나의 공격으로 닳고는 있어도 소모량이 크지 않다는 데에 있다.

하지만 '번 블러드'를 통해 신체를 강화하고, 마탄의 성능을 올린다면 얘기는 달라진다.

혼자서도 충분히 잡을 수 있으리라.

최하나는 슬쩍 말을 걸었다.

"혹시 더 있어요?"

"네. 근데 안 줄 겁니다."

잠깐 설레는 표정을 지었던 최하나가 시무룩한 얼굴로 물었다.

"뭐예요, 날 못 믿어요?"

"아뇨. 그게 아니라……."

강서준은 투박한 장검을 꺼내며 몸을 풀었다. 그 모습에 장기용이 고개를 갸웃했지만 가뿐히 무시했다.

"오늘 제가 누구 때문에 렙업을 못 했거든요."

"네?"

"이것까지 드리기엔 좀 아까워요."

그러더니 강서준은 훌쩍 앞으로 달려 나갔다.

그 속도가 너무 빨랐을까.

아무도 막을 수 없었다.

장기용이 깜짝 놀라 손을 뻗었지만, 이미 강서준은 플랜트 밭으로 진입한 상태!

"미, 미친놈이?"

하지만 장기용은 곧 입을 다물었다.

스걱!

키아앗!

스거어억!

키앗!

수려한 검무라도 보여 주듯 플랜트를 물 흐르듯 베어 나가는 강서준. 그 속도는 어찌나 빠른지 장기용이 몇 번이나 눈으로 놓친 것들이 있었다.

강서준은 플랜트들을 학살하고 있었다.

"뭐, 뭐야. 저 새끼……?"

경악스러운 장면은 그대로 끝나지 않았다.

강서준은 플랜트의 씨라도 말리듯 무자비한 학살 뒤로 빠르게 플랜트 킹에게 접근했다.

휘둘러지는 줄기!

사방에서 몰아치는 공격들까지.

보는 것만으로도 눈이 어지러워지는 풍경에 식은땀이 흘렀다. 만약 저곳에 자신이 있었으면 피할 수 있었을까?

그는 고개를 가로저었다.

불가능.

결론은 빨리 나왔다.

장기용은 떨리는 목소리로 말했다.

"레벨이 37이라면서요…… 어떻게 저럴 수가 있죠?"

"케이 님이잖아요."

오대수가 헛헛하게 웃었다. 그 웃음 속엔 약간 허탈한 감정도 담긴 건 어쩔 수 없으리라.

"더 말해 뭐 하겠어요."

"……그럴 리가 없잖아요. 꼬질이가 케이 님이라니. 그럴 리가 없는데."

"그럼 저 상황은 어떻게 설명하죠?"

장기용이 입을 꾹 다물었다.

오대수는 그저 강서준의 활약을 눈여겨보며 말했다.

"둘 중 하나일 겁니다."

스거걱!

"사실은 레벨이 무진장 높거나."

콰아아아앙!

플랜트 킹의 줄기를 가볍게 밟아 뛰어오른 강서준은 다가오는 줄기를 걷어찼다. 또한 이를 추진력 삼아 만개한 꽃의 중앙으로 날아갔다.

그의 투박한 장검이 꽂히면서 플랜트 킹은 기괴한 울음을 내며 괴로워했다.

"터무니없는 스킬을 갖고 있는 거겠죠."

[보스 몬스터 '플랜트 킹 카카시(E)'를 처치하였습니다.]

[죽음의 화원(E)은 공략되었습니다.]

[보상을 습득했습니다.]

1. 플랜트 킹의 꽃망울

2. 카카시의 가시 건틀렛

[레벨이 올랐습니다!]

[레벨이 올랐습니다!]

[레벨이 올랐습니다!]

던전을 공략하고 돌아가는 길.

어느덧 해가 저물어 어두컴컴한 도로를 걷는 네 사람은 왜인지 대화를 하질 않았다.

각자 생각이 많았던 것이다.

강서준은 자신의 손을 내려다봤다.

'생각보다 수확이 괜찮아.'

카카시의 가시 건틀렛

플랜트 킹의 가시와 몸통을 엮어 만든 건틀렛. 단단하지만 불에 취약하다.

필요 레벨 : 80
공격 : 120
등급 : A
전용 스킬 : [가시]

평소에는 일반적인 건틀렛처럼 사용하고 유사시엔 손등에 난 장치로 '가시'를 단검처럼 쓸 수 있는 스킬.

사용하기에 따라 활용도는 높았다.

특히 '천무지체'로 무기 사용에 제한이 없는 그에겐 더더욱 유용했다.

안 그래도 '투박한 장검'으로만 싸우는 건 불편했는데.

쓸 만한 장비가 생겼다.

'이 무기가 있었다면 플랜트 킹도 훨씬 쉽게 사냥했겠지.'

보상은 그뿐이 아니었다.

플랜트 학살에 이은 플랜트 킹의 사냥.

그로 인해 레벨이 도합 3이 올랐으며, 현재 그는 40에 다다른 상태였다.

엄청난 속도였다.

'선택의 미로를 벗어난 지 하루 만에 레벨을 10이나 올렸어.'

생각해 보면 당연한 일이었다.

그는 고작 32의 레벨로 D급 던전을 공략했고, 이번엔 E급 던전 보스를 혼자 쓰러트렸다.

상대적으로 경험치가 많이 주어질 수밖에 없었다.

본래 있을 수 없는 일을 해내는 것인 만큼 강서준에게 주어지는 경험치의 양은 상상을 초월했다.

'그만큼 내가 30레벨에 오랫동안 고여 있던 거겠지.'

무려 90일이다.

선택의 미로 보상으로 스텟 한계치를 전부 꽉꽉 채운 것부터, 그는 무수한 렙업 포인트와 보너스 포인트를 쌓아 왔다.

더불어 그가 90일간 쌓아 온 스킬 숙련도는 비교를 불허하는 수준.

'이 정도면 머지않아 D급 던전을 도전해도 되겠는데.'

여기에 아직 꺼내지 않은 스킬과 적당한 무기까지 갖춰진 다면 아마 파죽지세로 레벨 업을 할 것이다.

다른 플레이어와 벌어졌던 격차도 금방 메우겠지.

'랭커들의 평균 레벨이 벌써 100을 넘겼댔지.'

장기용이 흘리듯 한 말을 생각해 보면 강서준은 꽤 많이 늦은 편이었다. 랭커라면 아마 100레벨이더라도 실제 전투력은 그 수준을 훨씬 능가할 텐데.

최하나도 78레벨이지만 순간적으로 보이는 전투력은 100을 가뿐히 넘길 수 있었으니.

나머지 열 명은 또 어떻겠는가.

'게다가 최하나는 12위. 천외천 중 가장 약하다고 알려졌었으니까.'

아무렴 최하나가 본래의 장기인 '저격총'을 들지 않은 상태라고 해도 현재의 그녀를 기준으로 다른 랭커는 훨씬 강할 것으로 예상됐다.

그렇다면 다소 경각심이 든다.

한편 강서준은 한쪽을 걷는 장기용을 보았다.

그는 어딘가 혼이 빠져나간 얼굴이었다. 가까이 다가가니 혼자 무어라 중얼거리고 있었다.

"그럴 리가 없어. 거짓말일 거야. 있을 수 없는 일이야…… 그럴 리가 없다고."

장기용의 상태가 몹시 수상하게 느껴졌지만 당장 그에게

뭐라 물어볼 틈은 생기지 않았다.

대뜸 최하나가 권총을 장전한 것이다.

최하나가 말했다.

"전투 흔적이에요."

그녀의 말마따나 주변이 난잡한 게 심상치 않았다.

먼저 핏자국.

부서진 자동차 위로 누군가가 널브러져 있었다.

복귀했던 생존자 그룹의 일원.

오대수가 다가가 목덜미에 손을 가져다 댔지만 이내 고개를 가로저었다.

"이미 죽었어요."

일행은 더욱 빠르게 걸음을 옮겨 반주역으로 향했다. 계단을 따라 내려가니 안 그래도 어둡던 곳이 빛 한 점 없이 고요하다는 걸 깨달았다.

"……아무도 없습니까?"

공허하게 울리는 목소리.

형편없는 곳이지만, 사람들이 휴식을 취하던 유일한 생존자 캠프는 쥐 죽은 듯 고요하기만 했다.

누군가가 있었다는 흔적만 남았다.

강서준은 두 눈을 번쩍였다.

'이곳에도 전투 흔적이 있어.'

한데 그 흔적이 다소 기묘했다.

사람들이 안쪽에서 바깥으로 도망가려는 것과, 바깥에서 안쪽으로 도망치는 게 겹쳐서 우왕좌왕한 것이다.

난전이라도 벌였을까.

강서준은 한 가지 추측할 수 있었다.

'안쪽에서도 적이 나온 거야.'

강서준은 오대수와 시선을 교차하며 본격적으로 플랫폼을 수색했다. 그리고 한 가지 결론도 내릴 수 있었는데.

"던전병이에요."

"네?"

"던전병이 악화된 게 분명해요."

장기용이 눈만 멀뚱멀뚱 뜨면서 주변을 수색하다, 쓰러진 한 구의 시체를 미처 못 보고 자빠지고 말았다.

장기용은 눈동자에 핏발이 선 시체를 마주해야 했다.

"으아아악!"

던전병의 악화.

스켈레톤의 침입 흔적도 없었고, 다른 몬스터의 흔적을 찾기도 어려웠으니 가장 유력한 건 그쪽이었다.

하지만 급작스럽게 던전병이 악화될 리는 없었다.

죽음의 화원이 공략됐으니, 오히려 병세가 줄어야 정상인데.

이렇게 급전개가 된다고?

최하나도 같은 의문을 품었다.

"원인인 던전이 공략됐는데 어떻게 추가로 포자 바이러스가 유입됐을까요."

　유입 자체가 안 됐어야 했다.

　그래야 정상이었다.

　"으으윽……."

　그때 어디선가 신음이 들려왔다.

　일행은 일제히 소리가 들리는 방향으로 움직였다. 그곳엔 무너진 돌덩이에 깔린 어떤 청년이 있었다.

　오대수가 어깨를 흔들었다.

　"흐윽……."

　"저기요. 정신이 좀 들어요?"

　"으윽, 여, 여긴?"

　강서준은 포션을 꺼냈다가 나타나는 메시지에 미간을 구겼다.

　[포션 사용이 불가능한 상대입니다.]

　['소생의 포션'이 필요합니다.]

　시스템의 사형 선고.

　강서준은 남자의 하체를 내려다봤다.

　이미 모든 신경이 끊어지고, 피마저 그쪽으로 통하지 못하고 있었다.

가지고 있는 상급 포션으로도 회복시킬 수 없는 치명상!

소생의 포션이 아니라면 살아날 방도는 없었다.

그나마 플레이어라 여태 버틴 것이다.

실낱같지만 HP가 남았으니. 강서준은 포션을 다시 인벤토리에 넣었다.

대신 초록색 포션을 꺼냈다.

〈마비 포션〉

"좀 마셔요. 편해질 겁니다."

마비 포션이 그의 몸으로 들어가니 이내 효과를 발휘했다. 남자의 몸은 통나무처럼 굳어 갔지만 더는 고통 때문에 아파하진 않았다.

"괜찮아요? 정신이 좀 들어요?"

"……형사님?"

오대수는 쓸쓸한 얼굴로 물었다.

"대체 이곳에서 무슨 일이 있던 겁니까?"

오대수의 질문에 남자는 흐릿한 눈동자를 이리저리 굴리다 겨우 입을 열었다.

던전병

"……모든 일은 갑자기 벌어졌어요."

남자의 이름은 김정우라고 했다. 초점이 안 맞는 눈동자를 이리저리 굴리던 김정우는 구겨진 미간만큼이나 굴곡진 목소리로 말을 잇는다.

"처음엔 비명이었죠. 스…… 스켈레톤이 난입한 줄 알았어요. 커다란 괴물이 계단에 나타났고. 우린 연습한 대로 대비했습니다. 바, 바깥을 견제……했는데."

문제는 공격이 뒤에서도 있었다는 것이었다.

배를 뚫고 나온 손.

어깨를 깨무는 이빨.

참혹하게 죽어 가던 동료의 모습이 파노라마처럼 김정우

의 눈에 아스라이 스쳐 갔다.

이미 김정우는 강서준 일행을 보고 있질 않았다.

허공을 응시하며 말을 더듬었다.

그는 과거를 바라보고 있었다.

"허, 헌수였어요. 헌수가 다리를 물었어요. 조영이는 쓰러졌고…… 민혁인 도망치고 또. 또…… 또 나는. 나는."

"정우 씨? 정신 차리세요. 정우 씨!"

"나는…… 그래, 조영이를 데리고 도망쳤어요. 그때 조영이가 제 어깨를 물었어요. 으으으…… 으아! 안 돼…… 안 돼애애애!"

김정우의 기억조각은 날붙이로 조각낸 것처럼 띄엄띄엄이었다. 어쩔 수 없었다. 그의 하반신은 죽은 지 오래였고, 빈사 상태의 그는 심장이 멈추기까지 얼마 남지 않았다.

만약 여기서 HP포션을 먹인다면 HP의 최대량을 좀 늘려서 버틸 수야 있겠지만.

'그저 통증만 늘리고 끝날 거야.'

다시 말하지만 '소생의 포션'이 없는 한 김정우를 되살릴 방법은 없었다. 당장 강서준이 그에게 해 줄 수 있는 건 '마비 포션'으로 통증을 억눌러 주는 것뿐인 것이다.

이럴 때 '힐러'라도 근처에 있었으면 상황은 바뀌었겠지.

하지만 당연히 반주역엔 힐러가 없었다.

'애초에 힐러가 있었다면 상황이 이렇게까지 나빠지진 않

상위 0.001%
랭커아귀환

앉을 터.'

진즉에 던전병은 막았을 것이다.

힐러의 능력이라면 '포자 바이러스'를 해독할 수도 있었을 테니까. 또한 '죽음의 화원'도 손쉽게 찾아낼 수도 있었을 것이다.

'다 부질없는 생각이군.'

이미 일어난 일은 되돌릴 수 없다. 이곳은 여분의 목숨이나 세이브 포인트가 남아 있는 게임도 아니니까.

허공을 휘젓던 김정우의 목소리는 점차 작아졌다.

"다들…… 갔어요. 도망을…… 조영이는…… 사람들을 쫓았……. 괴물, 괴물로 변했……."

강서준은 김정우가 남발하는 단어 중 중요한 몇 가지를 콕콕 집어내려고 노력했다. 그중 가장 기억해야 할 건 아무래도 사람들이 동료를 공격했다는 것이었다.

'역시 던전병 2기 증상이야.'

하지만 그건 다시 생각해도 이상했다.

변이가 너무 빠르지 않은가.

'감염자들은 던전병의 초기 증상에 불과한 환자들이었어. 고작 끙끙 앓다 쓰러지고, 손톱이 변색된 수준이었는데…….'

그런 그들이 좀비처럼 변해 무차별 공격을 가하는 던전병 2기의 증상을 보였다.

또한 김정우가 말하길, '괴물'이 되었다고 한다. 강서준은 그 단어를 가볍게 여기지 않았다.

'던전병 3기 증상이야.'

던전병이 3기로 진행되면 감염자는 원래 형태를 잃고 괴물처럼 변한다.

정리하자면 반주역은 반나절도 안 되어 던전병의 증세가 두 단계나 뛰는 수준으로 악화됐다는 것이다.

'문제는 그 모든 게 자연적으론 불가능하다는 건데.'

원인이던 죽음의 화원은 공략됐다.

포자 바이러스가 더 멀리 퍼지지도 않았는데 어떻게, 상태가 터무니없는 속도로 극변하게 된 걸까.

'누군가가 개입했군.'

그런 결론이 나왔다.

"엄마? 앞이 안 보여요. 엄마…….."

"김정우 씨?"

"……엄마? 엄마야?"

김정우는 허공을 휘젓다 일행 중 유일한 여자인 최하나를 향해 손을 뻗었다. 그리고 계속되는 '엄마'라는 단어를 입으로 꺼냈다.

섬망 증상.

이미 의식을 잃었는지 풀린 동공이 실낱처럼 남은 그의 삶을 보여 주고 있었다.

최하나는 대뜸 김정우의 손을 맞잡았다.

"그래, 정우야."

"엄마…… 진짜 엄마지?"

"응, 엄마야."

최하나의 목소리는 따뜻했다.

김정우는 환각에 빠진 것처럼 해맑은 얼굴을 지었다. 입으로 피가 주룩 흘러내렸지만 눈은 웃고 있었다.

아프진 않을 것이다.

마비 포션의 효능으로 통증도 전부 시스템에 의해 삭제된 상태일 테니까.

"엄마, 미안해. 내가…… 내가 많이 사랑…… 하는."

"그래, 엄마도 사랑해."

"엄마. 졸려…… 엄마아."

김정우는 마치 어린아이처럼 엄마를 찾았다. 그의 서글픈 응석에 최하나는 머리를 쓰다듬어 주며 나지막이 노래를 불러줬다.

그녀의 가장 유명한 발라드곡인 '선잠'이란 곡이었다.

싸늘하게 식은 김정우의 얼굴에 따스한 음색이 스며들기 시작했다.

"다신 눈을 뜨지 않기를. 달콤한 꿈에 빠져 들기를."

최하나는 김정우의 힘 빠진 손을 살포시 내려놨다. 오대수는 참담한 얼굴로 중얼거렸다.

"……이미 죽었어요."

하지만 김정우는 마치 달콤한 꿈에 빠진 사람처럼 평온했
다.

⚜

일행은 반주역 플랫폼의 깊숙이 난 통로를 따라 이동했다.
어두컴컴한 중간에 문이 하나 있었는데.

이곳이 바로 반주역의 생존자들이 대피한 통로였다.

문은 활짝 열려 있었다.

주변으로 핏덩이나, 수많은 시체가 널브러진 걸로 보아 어
떤 일이 벌어졌는지는 바로 알 수 있었다.

그리고 끔찍한 광경이 나타났다.

시체를 파먹는 사람들이 있던 것이다.

타아아앙!

최하나의 권총이 불꽃을 내뿜으며 가까이 시체를 뜯어 먹
던 한 사람의 미간을 적중시켰다. 혈안이 된 채로 시체를 파
먹던 놈은 픽 하고 쓰러졌다.

그녀는 변명하듯 말했다.

"이미 변이된 사람은 고칠 수 없어요."

"알아요."

강서준은 계단을 따라 내려가면서 점차 나타나는 사람들
의 행렬을 보았다. 참사를 피하지 못한 채 '던전병'에 감염되

어야만 했던 사람들이었다.

이번엔 강서준이 먼저 앞으로 달려 나갔다. 그의 투박한 장검은 빠르게 움직였다.

스거거걱!

가능한 한 아픔을 느낄 틈이 없게.

그의 냉정한 검무가 끝날 즈음엔 이미 여러 명의 사람들은 머리를 잃고 바닥에 쓰러진 뒤였다.

몸을 바들바들 떨다가 이내 고요해졌다.

"갑시다."

그들은 조용히 계단을 벗어났다.

도착한 곳은 오랫동안 쓰이질 않았는지 벽면에 먼지가 층을 이룬, 이름 모를 플랫폼이었다.

"여긴 유령역이에요. 본래 10호선 창설 계획으로 만들어졌는데 흐지부지되면서 역 자체도 존재가 희미해진 곳이죠."

들어 본 적이 있었다.

서울의 전철역 중에 쓰이지 않는 '유령역'이 존재한다는 소문은 인터넷에도 유명했던 것이다.

최하나는 고개를 끄덕이며 입을 열었다.

"하지만 아는 사람은 다 알아요. 제 뮤직비디오도 유령역을 무대로 찍었었으니까."

"……하나 님의 촬영지도 이곳이었나요?"

"아뇨. 저는 신설동역이었어요. 그리고 강서준 씨, 가능하면 제 이름에 '님'을 붙이지 않았으면 좋겠는데요."

"네? 이름에 왜…… 아!"

강서준은 최하나의 말을 연상하다 피식 웃음을 터뜨렸다.

"……남의 이름이 재밌어요?"

"미안해요, 하나님이 너무."

"강서준 씨!"

"알겠어요. 그만할게요. 하나 씨."

약간 농담을 하니 울적했던 기분이 조금 희석되는 것 같았다. 혹시 일부러 농담을 한 걸까. 강서준은 의외의 눈으로 최하나를 보면서 어깨를 으쓱했다.

생각해 보면 그녀에 대해서 아는 게 딱히 없었다.

'클라크. 마탄의 사수…….'

하지만 그건 고작 게임에서의 모습.

캐릭터 이외의 모습인 '인간 최하나'는 아는 게 거의 없었다. 유명 연예인인 것도 사실 그녀의 또 다른 캐릭터가 아닌가.

해서 강서준은 최하나를 눈여겨봤다.

'강한 사람.'

최하나는 김정우의 손을 꼬옥 잡아 주며 그의 마지막을 지켜 줬다. 또한 가망이 없는 사람들의 경우엔 망설임 없이 죽음을 선사했다.

그녀는 내적으로도 강한 사람이었다.

그때 최하나는 앙다문 입술을 꽉 깨물더니 말했다.

그녀의 목소리엔 분노가 섞여 있었다.

"확실한 건 어떤 놈이 개입했다는 거겠죠."

오대수가 대답했다.

"무너진 학교에서 우리를 공격했던 일당과 같은 놈들일까요?"

"가능성은 높아요."

"젠장. 세상은 이 꼴인데…… 서로 힘을 합치진 못할망정."

강서준은 어깨를 으쓱이며 말했다.

"인간의 생존 욕구는 누구보다 이기적이니까요."

"네?"

"그냥 그렇다는 얘기입니다."

유령역 플랫폼을 둘러보다 보니 생존자들의 흔적을 얼추 발견할 수 있었다. 김정우의 말처럼 그들은 터널을 따라 도망간 모양이었다.

어지럽게 찍힌 발자국은 전혀 방향을 알 수 없었다.

"어느 쪽으로 갔을까요?"

"영등포역으로 갔을 겁니다. 저희는 늘 유사시에 그쪽으로 대피하도록 준비했거든요."

오대수는 손전등으로 철길을 비추었다. 조명이 닿는 범위 외에는 시커먼 곳이었는데, 확실히 이쪽으로도 사람들이 이동한 흔적이 있었다.

키이이잇…….

그리고 손전등이 비춘 방향에서 이상한 소리가 들려왔다. 붉은 뭔가가 일렁인 건 금방이었다.

강서준은 망설이지 않고 정면으로 뛰었다.

채애앵!

검과 맞부딪친 뭔가가 공중을 몇 바퀴 돌더니 착지했다.

일행은 순식간에 전투태세에 돌입했고, 오대수는 나지막이 신음을 토했다.

"……조영이."

"설마 김정우 씨가 언급했던?"

"네. 그 조영이입니다."

김정우가 구하려 했지만 이미 던전병의 여파로 변이됐던 유조영.

그녀는 김정우를 빈사 상태로 내몰고 도망치는 생존자를 쫓아 이 아래까지 내려온 듯했다.

최하나는 미간을 찌푸렸다.

"확실히 3기는 진행됐네요."

"……네."

고개를 푹 아래로 떨군 유조영의 등으로 손이 나와 있었다. 도합 네 개나 되는 손은 마치 거미처럼 보였다.

사람의 형상은 아니었다.

실제로 유조영은 이젠 몬스터로 분류될 것이다. 그녀를 죽이면 경험치와 아이템을 떨어트릴 거고.

"……끔찍하군요."

"던전병은 원래 그런 겁니다. 바이러스 감염으로 몬스터를 증식시키는 병."

해서 죽음의 화원은 발견 즉시 다른 일은 막론하고 즉시 공략해야 하는 가장 치명적인 던전이었다.

저것 때문에 대륙인 수만 명이 목숨을 잃었으니까.

'이젠 지구의 운명이야.'

강서준은 투박한 장검을 꽉 쥔 채로 정면을 노려봤다. 가능한 한 일격에 목숨을 빼앗을 생각이었다.

'곧 편하게 해 줄게요.'

강서준이 먼저 앞으로 뛰었다.

순식간에 접근해서 검을 휘둘렀다.

하지만 유조영은 마치 관절이 존재하지 않는 사람처럼 몸을 꺾더니 강서준의 사각을 노렸다.

유조영이 가진 네 개의 손이 동시에 움직였다.

스거거걱!

물론 강서준은 눈을 빛내며 공격을 차단했다. 돋아난 네 개의 팔을 모조리 잘라 내는 기염을 토했다.

그때 유조영의 입이 벌어지면서 그곳에서도 손이 나왔다. 강서준은 몸을 비틀어 공격을 피하면서 한 발짝 뒤로 물러났다.

"저도 돕겠습니다!"

"아뇨. 물러나요! 어설픈 공격은 안 통하니까!"

오대수의 호기로운 외침에 건넨 간단한 답이었다. 그가 충격을 받은 얼굴을 했지만 전혀 신경 쓰진 않았다.

사실일 뿐이다.

던전병 2기의 환자라면 모를까.

3기 이상의 환자는 아직 오대수가 상대하기 힘든 몬스터였다. 얼추 레벨은 80에 근접한다고 봐야 하니까.

꺄아아아악!

비명을 지르며 눈에서 피눈물을 쏟아 내는 유조영.

강서준은 호흡을 정돈했다.

'다음 한 방에 끝내자.'

이 사람은 태생이 몬스터가 아니었다.

누군가의 딸이었고, 누나였고, 동생이었으며, 또 연인이었을 사람.

그런 그녀에게 해 줄 수 있는 게 죽음뿐이라는 게 조금 참담한 기분이 들었지만.

강서준은 빛살같이 달려들며 머리를 비웠다.

그의 움직임은 어찌나 빠른지 유조영의 눈동자가 느릿하게 따라올 정도였다.

꺄아-!

스거어억!

그녀가 반응할 즈음엔 이미 그 목이 날아가고 있었다. 그리고 투박한 장검은 부들부들 떨리다 서서히 금이 가기 시작했다.

"후우……."

강서준은 아직 열기가 채 가시지 않은 몸을 돌아보며 낮게 숨을 쉬었다.

'할 만해.'

던전병 3기 환자 '유조영'은 D급 던전의 일반 몬스터 수준이라고 봐도 무방했다. 레벨은 80을 넘어 사실상 강서준이 상대가 안 되어야 정상인 몬스터.

하지만 막상 전투를 펼쳐 보니 역시 달랐다.

'D급 던전도 도전해 볼 가치가 있겠어.'

그는 선택의 미로 헬 난이도에서 퀘스트를 통해 스텟을 성장 한계치인 100까지 전부 꽉꽉 채워 둔 상태였다.

그것만으로도 스텟당 레벨 19레벨을 올린 수치.

'여기에 레벨 업 포인트와 천무지체 보너스까지 합하면……'

그는 실제 레벨보다 대략 세 배는 강한 셈이었다.

하지만 강서준은 이조차도 너무 약하다고 생각했다. 그리고 그 생각은 대개 맞을 것이다.

레벨 이외의 스텟을 올리는 플레이어가 어디 그 혼자일까. 천외천이라 불리는 이들도 전부 경험자였으며, 누구보다 드림 사이드를 잘 이해하는 베테랑이었다.

그들이 레벨 100을 찍었다면.

실제 산정 스텟은 그보다 훨씬 높을 것이다.

'그리고 던전은 플레이어를 기다려 주지 않아.'

던전의 성장 속도를 고려한다면 지금의 상태로 안주해선 안 됐다. 감당 못 할 던전이 생긴다는 건 사실상 인류의 멸망이 가까워진다는 말과도 동일했다.

그는 더 강해져야 했다.

"강서준 씨…… 옵니다."

최하나의 말에 고개를 든 강서준은 터널을 바라봤다.

종전부터 소름 끼치는 기운이 저 너머에서 흘러나오는 건 알고 있었다.

곧 철길에서 붉은 눈동자가 일렁이기 시작했다. 숫자를 세도 대략 수십 개는 되는 듯했다.

천장에 매달린 것부터, 바닥을 걷는 놈, 벌레처럼 벽을 기어 다니는 놈까지.

사색이 된 오대수가 물었다.

"혹시 저들이 전부……?"

"네. 3기입니다."

던전병으로 변이가 되어 버린 사람들.

아니, 이제는 몬스터라 불러야 할 것이다.

통칭 '그리드(Greed)'라 불리는 것들.

"뒤쪽에도 몰려와요!"

언제 다가왔는지 반대편 터널에서도 그리드가 우후죽순 나타났다. 최하나가 뒤쪽을 경계하며 권총을 꺼냈다.

한편 반주역 위쪽 플랫폼에서도 내려오는 놈들이 있었다. 설마 유령역까지 들어오기를 기다린 건가?

생각보다 치밀한 데가 있었다.

"……완전히 포위됐어요."

최하나의 말에 강서준은 장검을 꽉 쥐었다. 피할 곳은 보이지 않았다. 일촉즉발의 상황에서 일행은 심호흡을 하며 떨리는 심장을 진정시켰다.

전투는 순식간에 시작됐다.

"으아아아!"

장기용은 다가오는 그리드를 향해 검을 휘둘렀다. 하지만 장기용의 공격은 전혀 데미지조차 들어가지 않았다.

압도적인 레벨 차!

사실상 E급 던전의 몬스터를 겨우 사냥하는 수준에 불과한 장기용이나 오대수는 이번 전투에서 할 수 있는 건 아무것도 없었다.

키아앗!

되레 그리드의 화만 돋웠다.

"어…… 어라? 꼬질이는 쉽게 잡았는데."

당황하는 장기용을 향해 그리드가 순식간에 짓쳐들어왔다. 운이 나쁘게도 장기용이 건드린 놈은 속도에 특화된 놈인 듯했다.

강서준은 빠르게 다가가 장기용의 목을 물어뜯으려던 그리드의 목을 단칼에 날려 버렸다.

"……으아악!"

한 박자 늦게 놀라며 뒤로 자빠지는 장기용. 그를 보며 미간을 구기는 사이, 최하나와 오대수가 조금씩 좁혀지는 포위망을 둘러보며 물었다.

"어떡하죠?"

"……흐음."

강서준은 서서히 주변을 에워싸는 그리드를 노려봤다. 섬뜩한 시선 속에는 그저 무언가에 대한 강렬한 욕망만이 가득 들어 있었다.

"다른 분들은 전부 영등포역으로 향했겠죠?"

"네. 그랬을 겁니다."

영등포역엔 지하상가가 넓게 분포되어 있다. 지상으로 올라가면 백화점이 있고, 근처로 크게 상권이 자리 잡혀 있으니 어쩌면 음식을 조달하기도 편할 것이다.

물론 던전이 되었다면 어찌 될지는 모를 일이었지만, 아무것도 없는 역으로 도망치는 것보단 나았다.

슬슬 음식도 부족하다고 했으니.

"우리도 그쪽으로 갑시다."

무엇보다 그리드에게 쫓겨 도망친 사람들을 내팽개칠 수도 없었다.

한데 최하나가 강서준의 의견에 반대 의사를 표했다. 그녀는 그리드들이 몰려나온 터널을 바라보며 말했다.

"그리드의 숫자는 그쪽이 훨씬 많잖아요. 위험해요. 게다가 터널 너머로 느껴지는 건 아무래도……."

"알아요. 하지만 생존자들이 그쪽으로 향하지 않았다고 해도 전 그쪽으로 갔을 겁니다."

최하나가 미간을 좁히며 물었다.

"역시 잡을 생각이시군요."

"네. 가만히 놔둘 수는 없으니까요."

"가능하겠어요?"

그때 두 사람의 대화를 이해하지 못한 오대수가 끼어들었다.

"두 분은 대체 무슨 얘기를 하시는 거예요?"

"전부 설명해 드리겠습니다. 그전에 일단⋯⋯."

"네?"

"제 옆에서 떨어지지 마세요."

키아아앗!

그리드의 대습격이 시작됐다.

⚜

통칭 그리드(Greed).

던전병 3기부터 발현되는 증상으로, 인간이었던 존재가 변이를 일으켜 완전히 몬스터로 각성하는 걸 말했다.

여기서 변이된 형태는 각각 달랐다.

누구는 날개가 생기고, 누구는 눈이 하나 더 생겨나거나 손과 다리의 개수가 늘어났다.

엄청나게 살이 찌거나 빠지는 경우도 있었다.

"그리드는 인간의 욕망을 매개로 진화해요."

뒤따라 달려오는 그리드를 보면서 강서준이 말했다. 그는 다수의 그리드를 홀로 상대하면서도 설명을 멈추질 않았다.

마침 작은 차이로 공격을 피하면서 그리드를 향해 접근했다. 놈의 머리에서 번쩍 뜨인 커다란 눈이 살벌하게도 그를 노려봤다.

"놈들을 상대할 때는 욕망을 잘 파악해야 해요. 이놈처럼 눈이 하나 더 생긴 경우는, 더 많은 걸 보고 싶었다는 욕망이 발현됐을 수도 있겠죠."

추측하건대 이 그리드는 인간일 적, 시력을 잃거나 뭔가 보지 못한 것에 대한 깊은 트라우마가 있을 것이다.

이마의 반을 가리는 커다란 눈이 증명했다.

'마지막으로 가족을 두 눈에 담지 못한 누군가의 설움일지도.'

"아이러니하게도 그리드의 약점은 바로 그 욕망입니다."

강서준은 전투 중에도 스마트폰을 조작하는 묘기를 보여 줬다. 상단바를 내리고 손전등을 실행하자 플래시가 번쩍 였다.

접근한 것과 동시에 그리드의 눈에 스마트폰을 가져다 대는 것까지 물 흐르듯 이어졌다.

키아아앗!

고통스럽게 자기 눈을 비비는 놈.

강서준은 망설임 없이 장검을 길게 뽑아 힘껏 놈의 목을 찔렀다. 피분수가 터지면서 목뒤로 검이 빠져나왔다.

억울한 듯 감지도 못한 이마의 커다란 눈에서 피가 주룩 흘렀다.

"요점은 욕망을 잘 파악하는 겁니다."

강서준은 여전히 주변을 에워싼 그리드를 장검으로 겨눴다. 하지만 정작 들어야 할 대상인 오대수나 장기용은 제대로 대화를 할 수 있는 상태가 아니었다.

그도 그럴 게, 정신이 하나도 없었다.

그들에겐 너무 강한 적이었으니까.

공격조차 먹히지 않는다.

스치면 치명상!

위협적인 공격이 수차례 다가오는 데 반격조차 할 수 없는 극악의 상황에서 그들은 단 일격도 허용하면 안 됐다.

어쩔 수 없었다.

레벨부터 체력, 근력, 모든 것이 뒤떨어지니 죽기 살기로 피할 수밖에.

숨은 점점 차올랐고 피하는 것조차 버거워지는 순간은 다가왔다.

하지만 강서준은 개의치 않았다.

"그러니 잘 기억해요. 그리드를 상대하는 방법은 천차만별이니까."

"허억, 네? 헉, 헉."

오대수는 숨을 헐떡이며 본능적으로 몸을 앞으로 굴렸다. 그의 머리 위로 뭔가가 날카롭게 스쳐 지나갔다.

동시에 강서준이 그쪽으로 뛰어서 그리드의 목을 베어 버렸다.

파가각!

하지만 그때 장검에 균열이 생기면서 그리드의 목을 반쯤

잘라 낸 순간, 장검이 부서지고 말았다.

내구도가 다 닳은 것이다.

강서준은 미간을 구기며 손에 든 검을 휙 던져 버렸다. 또 다른 곳에서 달려들던 그리드의 미간에 정확하게 꽂혀 뒤로 넘어갔다.

"튜토리얼 템으로는 여기까지인가 봐요."

"헉, 제, 제 창을 쓰세요!"

"아뇨, 괜찮아요. 무기는 있으니까."

파도잡이의 창은 좋은 무기였다. 하지만 강서준은 이젠 그와 비슷한 무기를 갖고 있었다.

장검보다 공격거리는 훨씬 짧아져서 위험도는 올라가더라도 무기 자체의 성능은 더 좋은 아이템.

어디 공격력이나 한번 볼까.

스으읏!

강서준은 빛살같이 달려드는 그리드의 멱살을 잡아 패대기를 쳤다. 머리가 바닥에 꽂히면서 뭔가 터지는 소리가 났지만 그리드는 멀쩡했다.

날카롭게 휘둘러지는 손톱!

강서준은 손을 유려하게 움직여 공격을 막아 냈다. 뒤이어 주먹을 말아 쥐어 그리드의 얼굴에 꽂아 넣었다.

효과는 굉장했다.

콰아아앙!

"오오 역시…… 템빨."

같은 힘이라도 튜토리얼 템보다 몇 배는 더 큰 효율이었다. 조금 더 가까이 거리를 둬야 하는 위험만 감수한다면 사냥은 더더욱 쉬워질 것이다.

'카카시의 가시 건틀렛.'

이 무기라면 생각보다 일이 잘 풀리지 않을까.

하지만 강서준은 쓰게 웃었다.

아직 모르는 일이었다.

강서준은 눈을 가늘게 떠, 터널 너머를 바라봤다. 깊숙이 들어갈수록 놈의 마력이 곳곳에 보이고 있었다.

그는 '류안'을 활성화시켰다.

'이것이 전부 놈의 마력…….'

터널 내부로 흐르는 선명한 붉은 마력 줄기. 그리드의 등장부터 얼추 예상은 했지만 역시 상대는 '그놈'일 것이다.

"이곳부터는 조심해요. 놈의 영역이니까."

"놈이라면…… 아까 말씀하신?"

"네. 이곳에 트리거가 있을 겁니다."

일행은 달리던 행동을 멈추고 숨을 골랐다. 트리거의 영역에 발을 들인 순간부터 징그럽게 쫓아오던 그리드들도 멈췄기에 가능한 여유였다.

오대수가 물었다.

"결국 이 모든 일은 그 트리거란 놈 때문이었죠?"

"네. 그놈이 아니면 던전병이 이렇게 갑자기 심해질 이유가 없어요. 병세를 가속하는 '트리거'가 이 근처에 분명히 있는 겁니다."

트리거.

따지자면 던전병 3.5기 내지 4기에 해당할 괴물.

"무너진 학교의 던전 브레이크가 가속된 것과 같은 거예요."

"……던전꽃입니까?"

"누군가가 던전병 환자에게 던전꽃을 먹여 '트리거'로 만들었어요."

그리고 그렇게 만들어진 트리거는 주변에 있는 감염자들의 '격발자' 역할을 수행한다. 신체에 스며든 포자 바이러스가 자가생식을 하게 만들어 병세를 더더욱 악화시킨 것이다.

"트리거를 막질 못하면 던전병은 걷잡을 수 없이 서울을 집어삼킬 겁니다."

✦✦

불빛 하나 없는 어두운 터널.

다리를 붙잡힌 한 남자가 비명을 질렀다.

"으으으아아악!"

그의 눈엔 커다란 입이 보였다.

이윽고 벌려진 입.

식도에 걸린 누군가의 정수리가 보였다. 거기서도 아직 소리가 들려오고 있었다.

"사, 살려 줘……!"

"으아아아악!"

하지만 괴물은 사람들의 비명에 반응조차 하지 않았다. 그저 잡고 있는 다리를 통째로 입에 밀어 넣었다.

붉은 눈으로 그저 목울대를 움직였다. 미처 삼키지 않았던 누군가가 점차 안쪽으로 내려갔다.

다음은 남자의 차례였다.

머리부터 꾸우욱 입으로 들어갔다.

그는 운이 좋은 건지 아니면 나쁜 건지.

"으아아아! 으-."

머리가 꺾이면서 순식간에 비명이 끊어졌다. 조용한 터널 안으로 괴물의 식사만 묵묵히 이어졌다.

괴물은 중얼거렸다.

"해, 행님들…… 더 먹을까요."

괴물의 눈엔 무엇이 보이는 걸까.

허공을 향해 액션을 취하던 놈이 주변을 둘러봤다. 핏덩이만 남은 터널엔 괴물이 원하는 게 더는 보이지 않았다.

다 어딜 갔을까.

괴물은 그저 입맛을 다셨다.

"······어어."

이지를 상실한 눈으로 침음을 흘리던 괴물이 고개를 돌렸다. 여태 걸어온 통로에서 지금껏 맡아 보지 못한 진한 냄새가 풍겨났다.

절로 침이 고였다.

"구독······ 좋아요······ 알림 설정."

누군가에게 속삭이듯 말한 괴물은 왔던 터널을 되돌아가기 시작했다.

'지독하군.'

숨을 들이마신 강서준은 미간을 찌푸렸다. 터널로 들어갈수록 끈적한 공기가 폐부를 감쌌기 때문이었다.

절로 불쾌해졌다.

'공기에 피가 섞여 있어.'

바닥에 쓰레기처럼 널브러진 누군가의 신체 조각들. 부서지거나 망가진 벽면의 흔적······.

구태여 그 현장을 보지 않아도 어떤 일이 벌어졌는지 알수 있었다.

옆에서 따라 걷던 오대수도 미간을 구기며 말했다.

"트리거란 대체 어떤 놈이죠?"

강서준은 솔직하게 답했다.

"모릅니다."

"……모른다고요?"

"네. 트리거도 그리드와 같아요. 던전꽃을 삼킬 당시, 어떤 욕망을 품었는지에 따라서 그 형태가 결정되니까요."

해서 특히 까다로운 상대였다.

'맞춤 공략이 없으니까.'

인간은 누구나 가지고 있는 욕망이 다른 법이다. 키가 작은 사람은 키가 컸으면 하고, 뚱뚱한 사람은 다이어트를 꿈꾼다. 그런 것들이 욕망으로 발현되면 그에 적합한 형태의 '그리드' 혹은 '트리거'로 변이한다.

"직접 맞부딪치기 전엔 아무것도 알 수 없는 거죠."

던전병에 걸린 사람이 이전에 무얼 해 온 사람인지에 대한 정보가 있다면 추측이라도 할 것이다.

하지만 반주역의 던전병은 불특정 다수가 감염된 사례.

콕 집어서 뭐라 할 정보는 없었다.

'게다가 트리거는 반주역의 사람도 아닌 것 같고.'

반주역으로 들어가기 전에 밖에서 먼저 전투가 벌어진 흔적을 발견했다. 김정우의 얘기에서도 바깥에서 먼저 괴물이 나타났다고 하질 않았던가.

그다음에야, 사람들이 변이를 일으켰다.

트리거는 외부인이었다.

'결국 누군가 의도를 갖고 트리거를 반주역에 넣은 거야.'

강서준은 미간을 좁혔다.

놈의 욕망을 알지 못해 특성까지는 파악하진 못하겠지만, 대략 추측할 수 있는 게 있었다.

곳곳에 흘리고 간 마력.

류안으로 그 양을 파악해 봤다.

'얼추 레벨이 100은 넘겠군. 거진 D급 던전의 중간 보스는 되겠는데.'

기껏해야 E급 보스 플랜트 킹 정도이길 바랐는데.

벌써부터 피곤해졌다.

아무래도 긴장을 늦춰선 안 될 것 같다.

'스텟으로 따지면 밀릴 건 없지만.'

드림 사이드는 단순히 레벨이 높다고 이기거나 고작 스텟이 높다고 승리하는 게임이 아니었다.

그의 본래 레벨이 40이지만 실제 전투력은 100짜리 몬스터도 상대할 수 있는 것처럼.

각 몬스터마다 특징은 다르고 발현되는 버프, 혹은 상황에 따라서 레벨이 낮은 놈이라도 더 강한 경우가 있었다.

그리고 이놈에게 적용될 특징은.

'스텟이 몰빵됐겠지.'

욕망만을 따라가는 몬스터는 스텟이 기형적으로 성장하는 법이다. 키가 크고자 했던 이는 자신의 몸을 늘리는 데에 혈

안이 되어 '근력'이나 '체력'에 전부 스텟을 몰아 '거인'이 될 수도 있었다.

위협적이면서 무모한 선택.

'양날의 검.'

전체적으로 밸런스는 뒤떨어지겠지만 한 부분은 규격을 벗어나는 괴물이 되는 방법이었다.

그리드가 전반적으로 약하지만, 상대적으로 사냥하기 까다로운 이유였다.

"강서준 씨."

카랑카랑한 최하나의 목소리.

누구보다 시력도 좋고 감각도 예민한 그녀는 터널 너머로 다가오는 불길한 기운을 가장 먼저 발견했다.

강서준도 정면을 응시했다.

어둠 속에서 붉은 호롱불이 커다랗게 일렁이며 뭔가가 걸어오고 있었다. 덩치는 곰보다 훨씬 큰 괴물이었다.

강서준은 놈의 몸을 주목했다.

"……살이 축 늘어진 게 슬라임 같군요."

"전 저놈의 욕망을 알 것 같아요."

"저도요."

엄청나게 비대한 살은 버티지 못하고 바닥까지 축 처진 상태. 살에 파묻혀 다리나 다른 부위들은 보이지 않았는데 용케 걷는 걸 보면 여러모로 대단하기까지 했다.

그리고 놈의 눈을 볼 수 있었다.

눈빛에서 서늘한 기운이 느껴졌다.

순수한 광기.

어떻게든 욕망을 채우고 싶은 눈동자를 마주하니 절로 오싹한 기분이 들었다.

"구독…… 좋아요! 행님들…… 달풍서어어언!"

던전병 4기 환자.

트리거의 등장이었다.

⟨✦⟩

강서준은 미간을 좁히며 놈을 확인했다.

'……크다.'

덩치가 터널에 가득 찬다는 느낌이 들 정도로 비대했다. 걸을 때마다 땅이 흔들리는 걸 보면 무게도 상당했다.

이 정도면 욕망을 모르려야 모를 수가 없는 법.

심지어 트리거는 혓바닥을 날름거리며 자꾸 같은 단어만 반복했다.

"행님덜…… 구독…… 좋아요!"

어디서 많이 들어 본 대사.

하지만 트리거를 통해 듣게 될 줄이야.

'너튜버라…….'

그렇다면 욕망도 그쪽일 것이다.

조금은 범위가 좁아졌다.

강서준의 눈매가 가늘어졌다.

'너튜버가 트리거가 된 거라면 어떤 욕망을 품은 걸까.'

세상이 이 꼴이 나기 전엔 꽤나 많은 인터넷 방송이 있었다. 보이는 라디오, 게임, 뷰티 등 각각 흥미로운 콘텐츠로 사람들의 눈길을 끌었다.

그중 눈앞의 이놈이 했을 콘텐츠는 과연.

"ASMRRRRRRRR!"

'ASMR을 샤우팅 하는 놈이 어딨어?'

아무래도 이놈은 ASMR을 기반으로 하는 먹방이 콘텐츠인 게 분명했다. 비대한 덩치와 입가에 가득 묻은 핏자국만으로도 알 수 있는 문제였다.

어쩌면 인간을 상대로 먹방을 시도하려는 것일지도 몰랐다.

오대수는 의외로 아는 눈치였다.

"저 남자…… 최만기입니다."

"최만기요?"

"ASMR을 샤우팅하는 저 말투…… 너튜버 최만기가 확실해요. 한데 놈은 사형수가 되어 감옥에 갔다고 들었는데."

곰곰이 생각을 더듬어 보니 그런 놈이 있었던 것도 같다.

한때 자극적인 콘텐츠로 수백만 구독자를 가졌지만, 해선 안 될 짓으로 범죄자로 전락한 너튜버.

사회적 이슈를 몰고 사형수까지 등극한 놈이었다.

"진짜 개나 소나 다 탈옥했군요."

놈이 마지막으로 진행했던 콘텐츠가 아마 '인육 먹방'이었다. 당시 주작이라며 논란도 많았는데, 실제로 사람을 납치해서 콘텐츠를 진행한 것이다.

'한마디로……'

후우우웅!

비대한 놈의 손이 쭈욱 뻗어지면서 강서준을 노렸다. 마치 고무라도 된 것처럼 늘어난 손은 아슬아슬하게 허공을 스치고 돌아갔다.

공격을 피한 강서준은 미간을 구기며 주먹을 말아 쥐었다.

'……트리거가 되기 이전부터 구제불능이었다는 거야.'

재차 날아오는 손이 이번엔 수십 개로 갈라져 강서준을 잡으려고 했다. 강서준은 빠른 속도로 공격을 피하면서 놈에게 접근했다.

그의 주먹이 명치에 꽂히는 순간.

푸우욱!

허무하게 살에 파묻혔다.

강서준은 미간을 구기며 뒤로 물러났고 그를 쫓아 손이 다시 날아왔다. 놈은 씨익 웃으면서 말했다.

"행님덜. 1트 안 됐으니 2트…… 고?"

"······지랄!"

타아앙!

경고 없이 최하나의 리볼버가 불을 뿜었다. 순식간에 강서준을 쫓던 손을 맞히고, 뒤이어 놈의 미간을 적중시켰다.

하나 데미지는 크지 않았다.

최하나가 말했다.

"징그럽게 단단하네요."

"조심해요. 저놈 체력 몰빵입니다."

최만기는 인육 먹방이라는 괴랄한 콘텐츠로 범죄자가 됐고, 트리거가 되어선 그 먹방을 실현했다.

즉 놈의 욕망은 결국 먹는 것.

'먹는 데 필요한 건 근력도, 민첩도 아니야. 그저 체력. 많이 먹으려면 그만한 체력이 바탕이 되어야겠지.'

"행님더어어얼! 구도오옥! 좋아요! 꾸우우욱!"

어눌한 말투로 괜스레 섬뜩하게 소리치는 놈이 이번엔 양손을 휘둘렀다. 강서준을 놓치지 않겠다는 욕망이 발현됐는지 그 손이 또 순식간에 수십 개로 갈라졌다.

강서준은 류안을 활성화시켰다.

워낙 그를 노리는 공격은 많았지만 그 흐름을 읽다 보면 피할 수 있는 길도 찾아낼 수 있기 마련이었다.

강서준은 거미줄처럼 포위망을 좁혀 오는 손의 흐름을 정확하게 읽었다.

후우우웅!

쾅! 콰앙! 콰아아앙! 쾅!

빗나간 손이 바닥을 꿰뚫으면서 폭음을 만들었다. 강서준은 신들린 몸놀림으로 다가오는 손의 궤적을 피했고, 그 사이 최하나가 또 한 번 마탄을 발사했다.

하지만 이번에도 놈의 피부로 마탄이 쏘옥 들어갈 뿐. 데미지는 크게 들어가질 않았다.

빌어먹게도 단단했다.

"강서준 씨! 혹시 포션은."

"안 돼요, 그거 내성 생겨요."

"네?"

대신 강서준은 숨을 고루 내쉬며 최만기를 노려봤다. 원인을 찾았으니 이젠 해결할 차례였다.

당장 놈에게 입힐 데미지가 약하다는 건.

'공격력이 부족하단 거야.'

강서준은 빠르게 접근했다.

투우웅!

정확하게 명치를 파고드는 주먹!

전보다 더 강하게 때린 공격이었다.

해서 이번엔 반응이 살짝 달랐다. 강서준의 주먹에 의해 최만기의 몸이 뒤로 살짝 밀린 것이다.

미간을 구기며 뒤로 껑충 된 강서준이 가볍게 혀를 찼다.

"진짜 단단하네."

현재 강서준의 근력 수치는 100을 딱 맞추고 있었다. 40레벨에 근력에 몰빵한 것이 아님에도 이 정도 수치면 괴랄한 것이지만.

트리거는 그보다 더한 놈이었다.

'남은 건 마력으로 보충할 수밖에.'

방법은 있었다.

훌쩍 거리를 벌린 강서준은 자신의 무기인 '카카시의 가시 건틀렛'을 내려다봤다.

나무 재질이지만 플랜트 킹의 몸으로 구성된 만큼 내구성은 훌륭했다.

적어도 그가 지금보다 더 큰 힘을 발휘해도 쉽게 망가지지는 않을 것이다.

강서준은 그게 만족스러웠다.

'튜토리얼 템으로는 할 수 없는 공격이 있으니까.'

뒤이어 강서준은 선택의 미로 이후로 얻어 낸 스텟 포인트를 과감하게 마력에 투자했다.

현재 그의 마력은 100.

여기에 100을 더하면 정확하게 200을 맞추게 된다.

대개 스텟은 100 단위로 유의미한 변화가 생기기 쉬운 법.

'마력 200부터는 할 수 있는 게 있지.'

강서준은 실실 웃으며 자신을 향해 광기를 드러내는 최만기를 바라봤다. 침을 흘리면서 손을 뻗어 대는 장면은 가히 소름 끼치는 광경이었다.

'마력 집중.'

[스킬, '마력 집중(F)'을 발동합니다.]

꾹 감았다 뜬 그의 눈이 금빛으로 빛나면서 어느덧 주먹 위로 새파란 에너지가 도포됐다.

거칠고 영롱한 마력 덩어리.

아직 F급 스킬인지라 소모율이 대단했지만 강서준은 거침 없이 그 힘을 끄집어냈다.

이젠 마력 스텟이 200이나 되니까.

'충분하다.'

우우웅.

강서준의 의지에 답하듯 일렁이는 푸른 에너지는 점차 크 기를 키워 갔다.

동시에 강서준을 향해 재차 손을 뻗으면서 트리거가 외쳤 다.

"구독 꾸우우욱! 좋아요 꾸우우우욱!"

저 정도 집착이면 있던 구독자도 떨어져 나갈 것이다.

소름이 끼치네.

가볍게 혀를 찬 강서준은 정면으로 내달렸다. 매번 도망만치던 강서준이 이번엔 그에게 달려드는 게 웬 떡이냐는 표정으로 놈이 씨익 웃었지만.

콰아아앙!

폭발을 연상케 하는 굉음이 터지면서 놈의 손이 산산조각 났다. 강서준은 뻥 뚫린 구멍을 지나 놈의 얼굴로 다가갔다.

놀란 눈을 뜬 트리거.

여전히 먹고 싶다는 욕망만이 가득한 눈동자를 응시하면서 강서준은 주먹에 마력을 더욱 담았다.

강서준이 말했다.

"소원대로 좋아요랑 구독 눌러 줄게. 특별히 두 번씩 꾹 꾹."

콰아앙!

콰아아아앙!

['식욕의 트리거 : 최만기'를 처치하였습니다.]

[레벨이 올랐습니다!]

[레벨이 올랐습니다!]

[레벨이 올랐습니다!]

묵직한 공격에 함몰된 트리거의 얼굴이 완성됐다. 전장이 순식간에 조용해지는 순간이었다.

[보상을 획득할 수 있습니다.]

1. 스텟 5
2. 관종의 반지

[전부 획득하시겠습니까?]

한데 강서준은 보상을 눈앞에 두고도 내용을 확인하지 못했다. 그보다 먼저 상태가 변화하는 트리거 때문이었다.

푸쉬이이익.

목숨을 잃으면서 동시에 마력이 대기 중으로 증발했는지 놈의 크기가 빠르게 줄어들고 있었다.

이젠 일반인과 크게 다를 게 없었다. 일전에 뉴스에서 봤던 최만기의 모습이 드러난 것이다.

그리고 강서준은 놈의 이마를 보고야 말았다.

그곳에 그려진 그림.

"……이게 왜 여기에 나와?"

케이가 돌아왔다

－거짓말이다.

강서준의 입에서 '케이'라는 단어가 나온 그때부터 확신했다. 누구보다 강서준이 어떤 사람인지 기억하는 장기용이기에 더더욱 알 수 있었다.

'꼬질이가 케이 님이라니…… 그럴 리가 없잖아!'

랭킹 1위 케이 님과 고작 꼬질할 뿐인 꼬질이의 갭 차이가 커도 너무 컸다. 막말로 어릴 적 꼬질했던 친구가 지금은 우러러봐야만 하는 존재라면 바로 믿을 수 있을까?

특히 장기용에게 있어 케이는 특별했다.

'나의 롤모델.'

남들에게 밝히진 않았지만 그는 드림 사이드 1을 너무나도 좋아했던 플레이어였다.

당연하다면 당연하게도 그는 랭킹 1위였던 케이를 좋아했다. 아무도 해내지 못한 일들을 버젓이 해내는 모습을 보면서 감탄한 게 어디 한두 번일까.

그는 케이를 존경했다.

누구도 가 보지 못한 곳을 서슴없이 나아가는 그 모습을 보면서 대리 만족을 느꼈는지도 모른다.

장기용은 게임을 좋아했던 마음에 비해 게임 실력은 형편없던 불운의 플레이어였으니까.

그러면 결코 하지 못할 일을 거침없이 해내는 케이를 보면서 남다른 설렘을 느끼기도 했다.

'그래. 그럴 리가 없어. 꼬질이가 케이 님이라니…… 거짓말이야.'

하지만 장기용은 시간이 지날수록 강서준이 케이라는 사실을 받아들일 수밖에 없었다.

그도 그럴 게, 활약이 워낙 대단했다.

죽음의 화원에선 혼자 플랜트 킹을 사냥했다. 반주역에서 정체 모를 괴물을 상대로 전투를 벌인 것도 뭐라 말로 표현할 수가 없었다.

무엇보다 직접 그리드와 싸워 보지 않았던가.

생채기 하나 내질 못하던 괴물을 손쉽게 쓰러트리는 걸 보면 안 믿을 수가 없는 것이다.

'왜 하필…… 하필 강서준인 건데?'

케이는 그의 우상이었고, 롤모델이었으며, 그가 진심으로 좋아하는 연예인 같은 존재였다.

막말로 최하나와 케이가 동시간대에 팬사인회를 연다고 해도 망설임 없이 케이의 팬사인회를 갈 정도로 그는 케이의 팬이었다.

한데 강서준은 그에게 있어 꼬질이 그 이상도, 그 이하도 아니었다.

10년 전.

돈도 없고 뭣도 없는 꼬질한 애.

가진 것도 없는 주제에 쉽게 굽히질 않아서 더더욱 거슬렸던, 그가 괴롭히고만 싶었던 애.

딱 그런 애였던 것이다.

'왜 하필 강서준이 케이 님이냐고!'

하지만 시간이 흐를수록 꼬질이에 대한 이미지는 지워지고 그 위로 오로지 케이만이 덧씌워졌다.

아마 그가 생각을 달리하게 된 건 그리드의 공격에서 강서준 덕에 목숨을 건진 이후부터였다.

'역시 케이 님…… 대단하, 아니지. 지금 내가 무슨 생각을?'

당장 장기용은 죽을힘을 다해서 그리드의 공격을 피하는

데에 급급한데, 강서준은 그리드를 상대로 전투를 벌이면서
도 여유가 있었다.

강자의 여유.

케이의 대단함.

그런 것들이 눈에 밟히면서 계속 강서준을 훔쳐보는 시간
이 늘어났다. 장기용이 모든 자존심을 내버리는 순간은 바로
강서준이 트리거를 상대할 때였다.

'맙소사…… 저런 괴물을 상대로 어찌!'

트리거는 여태 만나 본 적이 없는 규격 외의 괴물이었다.
어떤 보스 몬스터도 저만한 위압감은 주지 못했다. 가만히
마주 보는 것만으로도 오금이 저려서 온몸이 굳은 게 그의
현실이었는데.

강서준은 전혀 쫄지 않았다.

눈에 보이지도 않는 공격을 피하고 맞부딪치고 오히려 반
격을 가했다. 이쯤 되면 그도 인정할 수밖에 없었다.

'케이 님…… 진짜 케이 님이라고?'

꼬질했던 누더기 옷노.

저렙이라고 무시했던 부분도.

이젠 모두 대단해 보였다.

'……어찌 저런 옷과 레벨로 저런 일들을 해낸단 말인가!
케이 님이 아니고서야 불가능한 일이야!'

장기용은 어느새 떨리는 손끝을 마주하고서 강서준의 전

투를 응원하고 있었다. 그리고 마침내 트리거에게 커다란 한 방을 맞히고 전장에 홀로 선 그를 본 순간.

그는 깨달았다.

'아아…… 케이 님!'

더는 부정할 수 없겠노라고.

❀

어두운 방.

트리거 최만기의 시선을 따라서 상황을 살펴보던 '크록'은 식겁하며 수정구를 떨어뜨렸다.

겉보기엔 별 볼일 없는 사내.

하지만 마력을 다루는 수준이나 일반적이지 않은 몸놀림을 보면서 크록은 등골이 오싹해지는 기분을 느꼈다.

익숙한 분위기 속에서 트라우마를 떠올린 것이다.

아스라이 목덜미를 가르는 검.

처참하게 찢겨 나가는 휘하의 몬스터들.

단 1인에게 철저히 공략되는 던전!

인간에게 DNA가 있듯 그에겐 삭제되지 않은 데이터가 선명하게 기록되어 있었다.

크록은 침을 꿀꺽 삼켰다.

'……아니겠지?'

그는 포식의 권능으로 인간을 먹어 현 지구의 상황을 대략적으로 간파한 상태였다.

해서 일단 부정하기로 했다.

'케이는 아직 선택의 미로에 있어.'

선택의 미로의 숫자는 아직 변동 사항이 없었다. 또한 90일을 넘도록 그곳에 갇혀 있다는 건 뭔가 일이 잘 안 풀리고 있다는 증거.

이미 많은 사람들은 케이의 죽음을 기정사실처럼 받아들이고 있었다. 그의 동료뿐만 아니라 인간들조차 그리 생각하는 것이다.

어쩌면 당연했다.

현실과 게임의 갭 차이.

천외천이라 불리던 괴물 같은 놈들도 오픈 초기에 제대로 적응하지 못하고 죽지 않았던가.

게임 속 능력치가 고스란히 이어지진 않는다. 제아무리 그라고 해도 현실에선 진짜 '케이'가 될 수는 없는 법.

심지어 섭종 보상도 고작 세 개였다.

모든 상황이 드림 사이드 1과 같을 수는 없는 것이다.

'긴장 풀자. 케이…… 그 새끼는 죽었어.'

하지만 밖에서 노크 소리가 들려오며 그를 찾는 부하의 목소리가 뒤따랐다.

"배기찬 님?"

크록, 아니 배기찬은 자신을 부르는 소리에 고개를 돌렸다.

"강민호 님이 찾아오셨습니다."

"뭐? 그놈이 왜?"

대답은 거침없이 문을 열고 들어오는 강민호에게서 들을 수 있었다.

"하도 연락이 안 되니 직접 찾아와야지. 별수 있겠냐?"

"누가 너처럼 시간이 남아도는 줄 알아? 농장주는 늘 바쁘다고. 연락을 확인할 틈조차 없어."

"바쁜 척은 혼자 다해요. 실은 펑펑 놀고 있으면서."

배기찬은 미간을 구기며 강민호를 노려봤다. 불쾌한 한숨이 밀려 나왔지만 일단 참아 주기로 했다.

그래.

네가 뭘 알겠냐.

배기찬이 서울에서 맡고 있는 농장만 최소 다섯 개. 그 숫자도 늘어나는 추세라 앞으로 더 바빠질 예정이었다.

그뿐이야?

종종 트리거의 시점을 확인해서 곳곳의 상황을 조정해야 했다. 그에겐 따로 연락을 주고받을 만큼의 시간도 없는 것이다.

속으로 불평불만을 쏟아 내던 배기찬은 문득 한 가지 의문을 떠올렸다. 이왕 놈이 온 김에 '이것'에 대해서 토론해 봐도 좋을 것 같다.

"마침 잘 왔어. 안 그래도 꺼림칙한 걸 발견했는데…… 너 이것 좀 보."

"케이가 살아 있는 것 같다."

잠시 정적이 흘렀다.

억지로 입을 막은 것도 아니건만, 목구멍으로 소리가 올라가질 않았다. 머리는 새하얗게 물들어 아무것도 생각할 수 없었다.

배기찬은 건전지가 빠진 로봇처럼 눈을 멀뚱멀뚱 뜨다가 물었다.

"다시…… 다시 말해 줄래?"

부정하고 싶었다.

그래. '케이크'를 잘못 말한 거겠지.

그러고 보니 이놈 살이 쏙 빠졌다. 마음고생이 심한 모양인데…… 어디 보자. 근처에 디저트를 만들 수 있는 인간 노예가 어디에 있더라.

강민호가 말했다.

"선택의 미로로 보냈던 이지 난이도 신입의 보고야. 헬 난이도 도전자가 0명이 됐다더라."

현실도피는 여기까지.

배기찬은 관자놀이를 꾹꾹 누르며 물었다.

"죽었을 가능성은?"

"배제할 수 없겠지. 하지만 만약 살아 있다면 앞으로의 일에 반드시 차질이 생길 거야."

배기찬은 불현듯 한 남자를 떠올렸다.

영상 속, 그 남자.

생각해 보면 참으로 공교롭다.

"해서 농장주의 도움을 받고 싶은데."

하지만 강민호의 말에 배기찬은 대답하지 못했다. 비질 땀을 흘리던 그는 입술을 파르르 떨면서 말했다.

"아직 추측인데……."

"뭐?"

"……이미 찾았을지도 몰라."

트리거를 상대로 전투를 펼치던 그의 모습이 다시금 머릿속으로 재생됐다. 그러고 보면 놈은 트리거를 상대로도 여유가 있는 듯했다.

고작 초보자의 옷을 입고서도.

"설마 벌써 전직한 건 아니겠지?"

배기찬은 고개를 저으며 스스로의 생각을 부정했다. 정말 전직까지 했다면 트리거는 숨도 못 쉬고 바로 죽었어야 정상이니까.

불안한 표정을 짓던 그가 수정구를 빠르게 조작했다. 그 근처로 파견된 현장팀이 떠올랐기 때문이었다.

강민호가 초조한 목소리로 물었다.

"확실해?"

"……아마도."

곧 수정구 너머로 영상이 떠올랐다. 검은색 가면을 쓴 사내가 나타나자 먼저 소리를 낸 건 강민호였다.

"설마 반주동이야?"

"……알아?"

"알다마다. 그쪽에 클라크가 있잖아."

배기찬은 문득 떠오르는 기억에 또 한 번 몸을 떨었다. 케이 못지않게 클라크도 무서운 상대였다. 특히 수 km 밖에서 쏘는 저격은 늘 그를 위협하는 공포이기도 했다.

"정신 차려! 야! 배기찬!"

"으, 으응?"

"놈들은 우리가 알던 그놈들이 아니야. 케이조차 이제 막 튜토리얼을 통과한 초짜에 불과하다고. 예전의 그 악마는 없어졌다고!"

그리고 강민호는 심호흡을 하며 눈을 부릅떴다.

"상부에 연락해야겠어. 정말 그놈이 확실하다면 지금 죽여야 해. 기회는 지금밖에 없어."

"헉, 헉, 헉……!"

그 시각.

어두운 터널을 가로지르는 무리가 있었다.

"허억……!"

반주역의 생존자, 공지원.

그는 달리고 있었다.

다리가 후들거리고 시야가 흔들려도 멈출 순 없으니까. 폐가 찢어질 듯이 아파도 달려야만 했다.

"키키킷!"

"끄악! 끄아아악!"

뒤쪽에서 소름 끼치는 소리를 내며 폴짝폴짝 달려오는 것들 때문이다. 살짝 뒤를 돌아본 공지원의 안색은 새파랗게 질렸다.

왜 저놈들을 떨쳐 낼 수 없는가.

왜 저놈들은 지치지도 않는가.

심지어 놈들은 공지원이 아는 사람이 태반이었다.

'젠장……!'

바로 어제까지만 해도 아픈 사람을 간호해 주던 착한 사람. 배고프다고 울던 아이. 지친 그에게 먹을 걸 종종 양보해 주던 어르신까지…….

공지원은 이를 악물었다.

'모두 괴물이 되었어.'

불과 몇 분.

정확한 시간은 몰라도 수 분 내에 반주역이 초토화됐다.

그날, 세계가 이렇게 변해 버린 것처럼 반주역은 '던전'이 되어 버렸다.

"헉, 헉⋯⋯."

그래.

그런 상황은 익숙하다.

세계가 이 모양이 됐지만 그곳에서 3개월을 살아남았으니까. 공지원은 꽤 적응력이 높은 편이었다.

문제는 그가 영등포역이 아닌, 정반대의 터널로 진입했다는 데에 있었다.

'이대로면 오대수 형사님과 만날 방법이 없어.'

그때였다.

스스슷!

옆을 스쳐 지나가는 무언가.

"⋯⋯!"

배에 구멍이 난 채 앞으로 쭉 밀려갔다 다시 뒤로 끌려가는 사람이 있었다. 함께 여기까지 달려 도망치던 사냥 복귀조의 '고명환'이었나.

41세의 나이에 도박 빚에 시달리다 반주역에서 노숙자 생활을 하던 아저씨.

하지만 플레이어로 각성하면서 나름 열심히 사냥에 참여했던 모습이 아직도 눈에 선했다.

"사, 살려⋯⋯."

잠깐 스쳐 가는 얼굴에는 절망이 깃들어 있었다. 하지만 공지원은 이에 아무것도 해 줄 수 없었다.

뒤편으로 비명을 지르던 고명환의 소리가 뚝 끊길 때까지도 그가 할 수 있는 건 없었다.

당연했다.

저들은 그가 감당할 수 없는 수준의 몬스터.

붙잡히면 같은 처지가 되리라.

쿵! 쿵! 쿵! 쿵!

고명환의 목숨을 앗아 간 무언가는 뒤쪽에서 커다란 걸음을 냈다. 공지원은 더욱 발을 놀려 터널을 가로질러 달렸고.

곧 멀리 빛이 번쩍이는 걸 확인했다.

"……!"

전철?

가까이 플랫폼이 보였고, 정차한 전철에서 빛이 새어 나왔다. 그리고 공지원은 다소 희망을 품었다.

그날로부터 세 달이나 지난 현시점에서 어떻게 전철이 움직이고, 전철역 설립 계획이 무산된 10호선에 전철이 있는 이유.

그런 걸 생각할 여유는 없었다.

눈앞의 빛, 그리고 뒤를 쫓는 괴물.

공지원이 전철을 목표로 달릴 이유는 충분했다.

"……으아아!"

그는 빠르게 플랫폼을 밟고 전철 내부로 몸을 날렸다. 차츰 문이 닫히고 있어 아슬아슬한 타이밍이었다.

실제 방송도 있었다.

[곧 열차가 출발하오니 이용객들은 탑승해 주시기 바랍니다.]

공지원은 헐떡이는 숨을 고르며 주변을 둘러봤다. 어쨌든 전철을 탔으니 괴물보다 빨리 도망갈 수 있지 않을까…… 작은 희망을 품어 봤다.

하지만 바로 알 수 있었다.

"……맙소사."

[D급 던전 '달리는 유령열차'에 진입하였습니다.]
[이곳은 '테마 던전'입니다.]
[잠시 후, 역무원이 승차권을 확인합니다.]
[승차권이 없을 시, 당신은 역무원의 표적이 됩니다.]

늑대를 피하려다 호랑이굴로 들어와 버린 것을.

영등포역의 생존자들

일단 강서준은 영등포역 방향으로 이동하기로 결정했다.

"마음 같아서는 그리드를 마저 처치하고 이동하고 싶지만 현실적으로는 무리입니다. 우리가 먼저 지칠 거예요."

오대수와 장기용이 제 몫을 할 수 있다면 모를까, 사방에서 파도처럼 밀려오는 그리드로부터 그 두 사람을 지키면서 싸우는 건 배는 힘든 일이었다.

안 그래도 그리드의 숫자가 많아 골치 아픈 와중에, 그들을 소탕하려면 얼마나 더 고생해야 할지 몰랐다.

"형사님에겐 미안한 얘기지만 산 사람은 살아야죠."

"……아닙니다."

무엇보다 이미 그리드가 된 사람들은 원래대로 돌아갈 방법이 없었다. 그들에게 해 줄 수 있는 건 그저 조금이라도 더 빨리 영면에 들게 하는 일.

안타깝지만 그게 현실이었다.

'하지만 도망친 생존자는 아직 구할 수 있어.'

그리드에게 쫓기고 있을 그들을 위해서라도 좀 더 바쁘게 움직일 필요가 있었다.

한편 오대수는 트리거의 사체와 새카만 터널을 몇 번 둘러보더니 물었다.

"어떻게 생존자가 있다고 확신하죠?"

전멸의 가능성.

모든 이들이 그리드가 됐을 가능성.

오대수는 불안한 얼굴로 강서준을 바라봤다. 그는 아무래도 최악의 최악까지 상상한 것 같았다.

"이미 구할 수 있는 사람은 없을지도 모르잖아요."

고개를 푹 숙인 오대수를 보며 강서준은 고개를 끄덕였다. 그의 추측대로 만약 생존자가 존재하지 않는다면 바쁘게 서두를 필요는 없을 것이나.

하지만 강서준은 어깨를 으쓱이며 답했다.

"생존자는 있어요. 그건 제가 보증할게요."

"……어떻게요?"

"놈들이 단순히 욕망에 움직이는 놈들처럼 보이겠지만 은근히 조직적입니다. 일부러 꼭 생존자를 남겨 놔요. 적어도 제가 아는 한 여태 단 한 번도 그러지 않은 적이 없어요."

강서준은 자신을 바라보는 여러 시선을 둘러봤다. 그중 시선을 마주친 장기용이 눈에 띄게 몸을 움찔하더니 소변이 마려운 표정으로 물었다.

"왜, 왜죠?"

왜인지 존대를 하는 그를 향해 강서준이 답했다.

"낚시 같은 거야."

미끼를 던진다.

일부러 생존자를 남기고 그 뒤를 쫓는 것이다. 그리고 생존자가 또 다른 무리를 발견하면 서서히 잡아먹으려는 속셈이었다.

"아마 도망친 생존자들 모두 감염자일 겁니다."

트로이의 목마처럼 인간들 사이에서 또 다른 그리드가 될 '트리거'의 무기였다. 물론 트리거를 제거했으니 그들이 그리드로 바로 성장할 가능성은 현저히 줄었겠지만…… 그 또한 시간문제였다.

매일 병세는 심해질 것이다.

언젠가 트리거가 없더라도 그리드나 트리거로 변이될 것이며, 그는 슈퍼 전파자가 되어 또 다른 '반주역'을 만들 것이다.

게다가 트리거가 최만기 하나라는 장담도 못 한다.

'트리거는 결국 의도를 갖고 만들어진 거니까.'

만든 사람이 존재한다면 언젠가 또 나타나기 마련이었다.

지금은 아니더라도 적절한 재료만 갖춰진다면 같은 계획을 또 시도하겠지.

"누군지는 몰라도 뿌리까지 뽑아 버려야 해요."

일행은 어두운 터널을 지나 꽤 긴 거리를 이동했다. 트리거 최만기의 마력은 아직 짙게 남아 있어서 그런지, 그리드의 추격은 아직 없었다.

하지만 대기 중의 마력이 소멸하다 보면 금세 탄로 날 것이다. 그리드는 본능적으로 이쪽으로 향할 테니 가능하면 빨리 영등포역으로 빠져나가는 게 좋을 터.

"여기서 영등포역까지 얼마나 걸릴까요?"

"금방이에요."

하지만 그전에 만나야 할 것들이 있었다.

"키아앗?"

오대수는 소리가 들린 정면으로 핸드폰 손전등을 비췄다. 멀리서 뭔가가 빠르게 달려오고 있었다.

그게 뭐지는 굳이 알려고 노력할 필요도 없겠지.

"그리드입니다. 물러나 있어요."

"……네."

아무래도 트리거보다 앞서 달려가던 그리드의 무리인 것 같았다. 미간을 좁힌 오대수는 그들이 반주역의 생존자라는 사실을 깨달았다.

"사냥 복귀조 인원이에요."

"네. 저도 기억나요."

스켈레톤 사냥 이전에 서로의 정보를 공유하던 브리핑을 했었다. 거기서 꽤나 길게 자신의 이야기를 늘어놨던 몇몇의 얼굴이 잔뜩 일그러져 있었다.

'사망 플래그라니까.'

이래서 구태여 TMI를 늘어놓을 필요가 없다. 괜히 전투에 감정만 쌓이고 괴로움만 짙어지니까. 알던 사람을 베어야 하는 것만큼 기분이 더러운 건 또 없을 것이다.

'어느 정도 거리를 둘 필요가 있어.'

세상은 그렇게 각박해져 버렸다.

"강서준 님, 부탁드려도 될까요? 할 수 있다면 제가 하고 싶지만……."

"아닙니다. 걱정 마세요."

강서준은 주먹을 꽉 말아 쥐고 정면으로 뛰었다. 그리드들이 내지른 분노에 찬 목소리와 함께 공격이 날아왔지만 간발의 차이로 모두 피해 냈다.

뒤이어 이어진 건 일방적인 학살.

일격에 모든 이들의 머리를 터뜨려 죽음을 선물했다.

일부러 마력까지 담았으니 그리드가 버틸 재간은 없었다.

그리고 그건 강서준의 배려였다.

살면서도 그토록 고생스러웠던 이들.

죽어서까지 괴로울 이유는 없었다.

저들이 그런 대우를 받게 하고 싶진 않았다.

'그래도 알게 된 사람들이니까.'

투두두둑.

마지막으로 조금 커다란 형체로 변이한 그리드를 마주했다. 어떤 욕망을 품었는지 목이 길어 머리를 채찍처럼 휘두르는 놈이었다.

강서준은 휘둘러지는 채찍을 피해 놈의 사각으로 파고들었다.

콰아앙!

단조로운 공격만을 하는 놈이어서 그런지 쓰러트리는 건 쉬웠다. 강력한 일격에 몸통에 구멍이 난 놈은 힘없이 툭 쓰러졌다.

"후우우……."

참았던 숨을 토해 내며 강서준은 주변을 둘러봤다. 일곱의 그리드를 쓰러트리는 데에 걸린 시간은 채 1분도 걸리지 않았다.

강서준은 의외의 눈으로 자신의 손가락에 끼어진 반지를 바라봤다.

'생각보다 효율이 좋잖아?'

트리거를 쓰러트려 얻어 낸 아이템인 〈관종의 반지〉.

[근처에 아군이 없을 시 최대 체력을 20 올려 줍니다.]

한편 강서준이 활용한 '마력 집중'은 기본적으로 신체의 내구성을 필요로 하는 기술이었다.

상식적으로 세게 공격을 가할 경우 신체의 내구도가 약하면 상대를 부수는 것과 동시에 본인도 부서지기 마련이었다.

즉, 단발성 공격만 할 게 아니라면 체력도 어느 정도 올려 줘야 하는 게 정상이었는데.

'지금의 내 스텟으로는 마력 집중이 최대 세 번이 한계였었어.'

하지만 혼자 싸운다는 조건만 갖춰진다면 아이템의 효능으로 그의 체력은 한동안 더 높은 수준에 머무는 것이다.

즉 마력 집중을 더 오랫동안 유지할 수 있다는 걸 의미했다.

'어떻게 보면 최하나의 번 블러드와 비슷한 기술이지.'

강력한 기술이지만 그만한 체력이 바탕이 되질 못한다면 오히려 제 살을 깎아 먹는 독이었다.

"갑시다."

전장을 가볍게 정리하고 그들은 걸음을 옮겼다. 가능하면 그리드의 시체를 수습해서 간단한 장례라도 해 주면 좋겠지만 그럴 여유는 없었다.

대신 강서준은 입술을 꽉 깨물며 이번 일의 원흉에 대해서 떠올렸다.

'빌어먹을 컴퍼니…… 바퀴벌레 같은 놈들.'

트리거의 이마에 그려져 있던 익숙한 문양의 표식. 솔직히 그걸 봤을 때 얼마나 놀랐는지 몰랐다.

설마 그걸 '지구'에서 보게 될 줄이야.

게임이 아닌…… 현실에서.

'진짜 목숨 한번 질긴 놈들이군.'

컴퍼니.

드림 사이드의 흑막 같은 놈들.

점조직으로 구성된 이놈의 회사는 드림 사이드 전역에 던전을 확장하고, 대륙인을 위협하던 암적인 존재들의 대표라고 할 수 있었다.

그리고 컴퍼니는 흔히 그들만의 표식으로 서로를 증명했는데…… 그게 바로 트리거의 이마에 그려진 그림이었다.

'두 개의 달을 관통하는 번개.'

그리고 그런 단체를 바로 떠올리지 못한 데엔 그만한 이유가 있었다. 왜냐면 놈들은 드림 사이드 1에서 강서준에 의해 절멸한 단체였던 것이다.

'설마 부활하고 만 건가.'

강서준은 미간을 구기며 놈들의 지독한 생존력에 혀를 찼다. 다시 생각해도 바퀴벌레보다 더한 생명력이었다.

그리고 컴퍼니의 부활은 앞으로의 일에 있어서 가장 크게 우려되는 것이었다.

'놈들은 드림 사이드의 난이도를 급격하게 올리는 가장 큰

변수야.'

놈들은 일종의 악인 측에 가담한 NPC였다. 퀘스트를 생성할 수 있었고, 이를 활용하여 플레이어를 그들의 편으로 영입하기도 했다.

얼마나 귀찮았던가.

강서준은 놈들이 애써 쌓아 놓은 던전들을 하나씩 깨부수며 스트레스를 풀기도 했다.

한동안 드림 사이드의 가장 큰 재미는 컴퍼니 때려 부수기였을 정도로 강서준은 그쪽 일에 심취했었다.

'물론 진짜 컴퍼니의 부활인 건지…… 아니면 플레이어 집단에서 컴퍼니를 따라 하는 건지는 좀 더 두고 볼 일이었지만.'

적어도 플레이어를 방해하는 일종의 집단이 있다는 건 확실했다. 그리고 그들이 이 모든 일의 원흉이라는 건 자명한 사실.

'빌어먹을 놈들. 전부 다 뒤졌어.'

강서준은 조용히 의지를 불태웠다.

⬦

탁탁탁!

일정한 뜀박질로 플랫폼에 진입한 무리가 있었다. 그들은

영등포역의 생존자들 277

가면을 쓴 채로 플랫폼을 쭉 둘러봤다.

"깨끗합니다. 이곳엔 없어요."

"시체까지 확인했나?"

"네. 한데 팀장님, 여긴 농장에서 습격한 곳이 아니었나요? 왜 생존자를 수색하는 거죠?"

부하는 솔직히 믿기 어려웠다.

그리드는 그들조차 쉽게 상대할 수 없는 난적이었다. 하물며 느닷없이 동료가 괴물이 되어 공격하는 와중에서 버틸 만한 플레이어가 있을까.

"있다더군."

"네?"

팀장 윤병구는 플랫폼을 가로질러 아래로 내려갔다. 유령역으로 향하는 계단엔 몇 개의 시체가 쓰러져 있었다.

손전등을 비추니 목이 잘린 시체들이 싸늘한 주검으로 누워 있었다. 윤병구는 더욱 확신할 수 있었다.

'배기찬 님의 말이 맞았군.'

목이 잘려 나간 그리드들.

그들의 몸에 난 상처가 오직 하나라는 건, 상대는 그리드를 상대로 몇 합의 전투를 벌이지 않았다는 걸 시사했다.

최소한의 공격으로 최대의 효과를.

확실한 힘의 차이가 없다면 불가능한 짓이었다.

"역시 그놈이 케이였나……."

사실 윤병구는 그를 본 적이 있었다.

무너진 학교.

그곳에 파견되어 '던전 브레이크'를 가속시킨 당사자가 그였고, 그 때문에 부하 몇을 잃었기에 잊을 수 없었다.

'던전도 결국 놈이 클리어한 거겠지.'

최하나는 아직 D급을 혼자 공략한다고 알려지지 않았다. 변수가 있다면 오로지 그 남자일 터.

"분명 트리거도 처치했다고 들었다."

"네에? 그 괴물을요?"

깜짝 놀라는 부하들을 돌아보며 윤병구가 말했다.

"놈은 영등포역으로 향했다. 당장 터널을 따라 이동했으니 목적지는 알 수 있지만 그다음은 장담 못 해. 놈들이 영등포역에 진입하기 전에 따라잡는다."

물론 따라잡는다고 놈들을 바로 공격할 생각은 추호도 없었다. 그들 중 '케이'가 존재하는 한 섣부른 공격은 악수에 불과한 것이다.

가능하면 최고의 함정을 파리라.

이번 일로 컴퍼니의 사활이 걸렸다고 해도 과언이 아니었다. 윤병구는 한층 무거워진 어깨를 풀며 걸음을 옮겼다.

"어라? 팀장님."

그때 부하 중 하나가 손으로 한쪽을 가리켰다. 영등포역의 반대 터널…… 말도 안 되지만 그곳에서 번쩍이면서 뭔가가 다가오고 있었다.

그리고 그건.

"……전철?"

기계음을 내며 반주역에 정차한 전철에서 문이 활짝 열렸다. 윤명구는 전철의 정보를 확인할 수 있었다.

[D급 전철 '달리는 유령열차']

"이게 말로만 듣던 그 테마 던전이로군."

하지만 이게 왜 10호선을 달리고 있을까. 이건 1호선에 있던 던전이 아니었다. 고개를 갸웃하던 윤병구는 얼마 전 그의 동료로부터 들었던 정보를 떠올렸다.

"확장 공사로 바쁘다더니…… 철길을 뚫은 건가."

가만히 유령열차를 바라보던 윤병구는 약간 난감한 기분을 느꼈다.

그들이 향할 방향은 영등포역.

한데 이 전철도 그쪽으로 향하고 있었나.

"팀장님? 우리도 이걸 타면 되지 않나요?"

"……너 죽는 게 취미냐?"

"네?"

윤병구는 부하들을 돌아보며 말했다.

"D급의 테마 던전이다. 우리 관할인 던전이지만 우리에겐 허용되지 않은 수준이야. 이대로 들어간다면 죽음을 피하지 못할 것이다."

"하지만 배기찬 님이 놈들을 쫓으라고 하셨잖아요."

"쯧…… 이건 불가항력이라고. 못 알아듣겠나?"

조금 돌아가는 길이 될 테지만 윤병구는 모험을 좋아하지 않았다. 안전한 길이 있다면 그쪽을 선택하는 게 현명한 방법.

그래서 '컴퍼니'에 입사한 게 아닌가.

적어도 살아남을 수 있으니까.

"육로로 간다."

반론은 없었다.

컴퍼니 소속 '브레이크 3팀'은 반주역을 벗어나 육로로의 이동을 개시했다.

이윽고 도착한 영등포역은 인기척조차 없는 유령역이었다. 어둡고 컴컴한 그곳은 공기만 텁텁하게 느껴졌다.

혹시 아무도 없는 걸까?

오대수가 먼저 플랫폼에 오르면서 말했다.

"저희는 비상시엔 유령역 노선을 통해서 영등포역으로 이동하기로 준비해 왔어요. 사실 반주역도 우리가 그곳에서 살던 게 아니라, 잠시 머무는 편이었죠."

그래서 반주역의 캠프가 허술했던 모양이었다.

오대수는 익숙한 듯 유령역을 거닐었다. 그 뒤를 따라가니 뭔가를 천막으로 덮어 둔 곳이 나왔다.

준비를 해 뒀다더니. 천막을 들춰 안을 보니 여러 개의 가방이 주르륵 나열되어 있었다.

꽤나 많았다.

"혹시 몰라 비축해 둔 물자입니다. 지난번에 왔을 때 숨겨 놨었죠."

강서준은 오대수가 굳이 영등포역까지 와서 반주역의 물건을 숨겨 둔 이유를 추측할 수 있었다.

'플레이어는 인벤토리가 있겠지만 일반인은 아니니까.'

따지고 보면 일반인은 게임상 NPC와 닮았다. 그리고 인벤토리는 오직 플레이어의 전유물.

NPC라면 상인조차 인벤토리를 쓸 수 없듯 일반인들은 개인 소지품을 쉽고 편안하게 보관하는 방법이 없었다.

직접 들고 다니는 수밖에.

그러니 이렇듯 미리 물건들을 다른 구역으로 옮겨서 보관해 두면 편했다.

지금처럼 그리드가 떼거지로 몰려오거나 던전 브레이크로 인해 몬스터의 습격을 받을 때.

기존에 가진 물건을 전부 챙겨서 움직일 수 없을 테니까.

미리미리 대비하질 않으면 물자도 잃고, 나아가 사람도 잃게 되는 것이다.

하물며 플레이어의 인벤토리 용량도 무한은 아니었다. 용량을 늘려 주는 아이템이 없는 한, 그 많은 사람이 먹고 잘 물건을 비축해 두진 못했겠지.

생각보다 오대수가 꼼꼼한 데가 있다는 방증이었다.

오대수는 정돈되지 않은 흔적을 보면서 슬쩍 웃었다.

"……다행히 벌써 누군가가 다녀간 모양입니다."

활짝 열린 가방엔 뜯어진 과자 봉투부터 아무렇게나 널브러진 옷가지가 보였다. 열린 가방의 개수는 대략 50개 중 20개 정도는 되는 듯했다.

문득 의문이 들었다.

"왜 반주역의 사람들은 플레이어가 되지 않은 거죠?"

플레이어가 되었다면 전부 인벤토리가 활성화되었을 터. 그렇다면 이 정도까지 많은 물자를 숨겨 둘 필요는 없었다.

어쩌면 반주역의 생존자들도 그토록 무력하게 '던전병'에 걸리는 일도 없었을지도 모른다.

플레이어는 기초 면역이란 게 있으니까.

'노인이나 아픈 사람은 플레이어가 될 수 없었겠지만……'

마찬가지로 너무 어리거나 신체적인 능력이 부족한 사람도 플레이어의 자질이 없었다.

그들이 설령 플레이어가 된다고 해도 선택의 미로를 통과하질 못하면 말짱 도루묵이니까.

해서 '이지 난이도'조차 통과하지 못할 사람은 제외해야 할 것이다. 알면서도 사지로 몰아넣을 수는 없는 법이다.

'그래도 이상해.'

그럼에도 반주역은 이상한 것이다.

어쩔 수 없이 플레이어가 될 수 없는 사람들을 제외하고도 젊은 층에 속하는 이들의 태반이 플레이어가 되질 못한 상태였으니까.

일전의 김정우나 유조영도 그랬다.

20대로 보이는 그들은 어째서 플레이어가 되지 못했을까. 건강상 어떤 문제가 있던 것 같진 않았는데.

그가 모르는 다른 이유가 있는 걸까.

"인터넷이 끊겼거든요."

"······최하나 씨는 연락을 하는 것 같던데요."

인터넷 끊긴 것쯤은 그도 핸드폰으로 확인해서 알고 있었다. 하지만 통신망이 완전히 고장 났다면 최하나가 핸드폰으로 누군가와 통신을 한다는 건 불가능했다.

강서준이 물었나.

"아닙니까?"

"아뇨. 맞아요. 제 핸드폰은 통신이 돼요. 하지만 가능한 건 제 핸드폰뿐이에요."

이유는 간단했다.

"최하나 님의 핸드폰은 업그레이드가 된 상태거든요. 또

한 통신기를 갖고 계시니 연락이 되는 겁니다."

"업그레이드? 통신기?"

최하나는 자신의 손목에 감겨진 시계를 보내 줬다. 스마트워치였는데, 바로 그것이 그녀의 핸드폰이 통신이 되도록 돕는 물건이었다.

"이 단말기를 가진 사람에 한해서 통신이 가능해요. 하지만 레벨 제한이 있어서 플레이어가 아니면 쓸 수도 없죠."

즉 일반인은 이걸 손목에 찬다고 해도 인터넷은커녕 문자조차 할 수 없는 게 현실이었다.

"일반인이 플레이어가 되는 방법은 단 하나입니다. 바로 '아크'로 들어가는 것이죠."

"……아크요?"

"네. 저도 몇 번 가 보진 않았지만 그곳이야말로 서울에 남은 유일한 플레이어의 거점입니다."

아크(Ark).

직역하자면 노아의 방주.

대홍수로부터 살아남기 위해서 만들어졌다는 방주는 인류를 보전하고, 지구의 생명체를 지켜 냈다는 설화가 있었다.

서울의 마지막 거점에 썩 어울리는 이름이었다.

그리고 아크라는 명칭은 강서준에게 있어서 낯선 이름은 아니었다. 드림 사이드에서 비슷한 기능을 하는 단체가 하나 있었으니까.

'설마 컴퍼니에 이어…… 그들도 넘어온 건가.'

최하나가 덧붙여 말했다.

"아크는 여전히 인터넷이 됩니다. 그곳이라면 일반인도 플레이어가 될 수 있어요. 또한 제 단말기를 새로 업데이트하고 핸드폰을 업그레이드시킬 수 있어요. 그래서 사실 우리도 그쪽으로 이동하는 중이었죠."

왜 그들이 아크로 넘어가지 못하고 반주역에 남았는지는 굳이 물어보지 않아도 알 수 있었다.

던전병.

전염 위험이 있는 병자들을 줄줄이 달고 방주로 들어갈 수는 없었던 것이다. 아마 치료를 끝내고 건너갈 계획이었겠지만…… 보란 듯이 허물어진 것이다.

"생존자들도 아크로 갔을지도 모르겠네요."

오대수는 손전등의 밝기를 최대한으로 밝혔다. 유령역의 곳곳을 비춰 봤지만 플랫폼의 끝자락까진 확인할 수 없었다.

여전히 인기척은 느껴지지 않았다.

"우리도 빨리 이동합시다. 멀리 가진 못했을 거예요."

하지만 그때였다.

강서준은 주머니가 요란하게 진동한다는 걸 깨달았다. 고롱이가 코를 벌름거리며 냄새를 맡은 것이다.

강서준의 눈매가 가늘어졌다.

"잠깐만요."

"네?"

['고롱이'가 가까이 '간식'의 냄새를 맡았습니다.]

고롱이의 레이더를 따라서 주변을 살피길 잠시. 강서준은 멀리 어둠 속에서 일렁이는 뭔가를 발견할 수 있었다.

"이곳에 누군가 있어요."

"네?"

⬧❀⬧

빠르게 사라진 인영.

흔적을 쫓는 건 그다지 어렵지 않았다.

어차피 그들이 향한 곳은 외딴 통로였고 고롱이의 레이더가 있는 한 방향을 정확하게 짚을 수 있었다.

이런 상황에서 놓친다는 게 더 신기할 따름.

문제는 저들이 도망가고 있다는 것이다.

"왜 도망을 가는 거죠?"

"글쎄요. 우리를 그리드라고 여기는 걸지도 모르죠."

"설마요. 그 조용한 곳에서 떠드는 건 우리뿐이었는걸요. 사람이라는 걸 못 알아볼 리가 없잖아요."

강서준은 고개를 가로저었다.

그리고 오대수에게 미안한 일이었지만 지금 그가 쫓는 사람이 '반주역의 생존자'가 아닐 거라는 확신이 들었다.

그들이 도망치는 걸 둘째로 치더라도 자꾸 뒤를 돌아보거나, 종종 일부러 천천히 도망가는 걸 보면 그 목적을 쉬이 파악할 수 있었으니까.

'우릴 유인하고 있어.'

반주역의 생존자가 이곳의 지리를 이토록 잘 알까. 그보다 그들이 이런 곳에서 굳이 유인을 할 이유부터 없다.

일부러 거리를 두고 쫓아오도록 유도하는 사람은 반주역의 생존자보다는 영등포역의 생존자에 훨씬 가까운 것이다.

'그렇다면 비축품을 가져간 사람들도 설마……'

하지만 그것도 의문이었다.

왜 비축품 중에 일부만 챙겨갔을까. 단순히 도둑질을 할 거라면 가방을 전부 가져갔으면 될 일인데.

그리고 추측의 결론은 달려가던 이가 걸음을 멈춘 곳에서 알 수 있었다.

'여긴…… 대합실인가?'

역마다 존재하는 여행자들의 쉼터 같은 곳이었다. 멈춰 서자마자 공기가 확 바뀌었다는 걸 알 수 있었다.

어디선가 바람을 가르는 소리가 들려왔다.

쇄애액!

팟!

강서준은 눈을 금빛으로 물들이며 화살을 잡아냈다. 장기용의 미간 앞에서 멈춘 화살 꼬리가 부르르 떨어 댔다.

이를 본 장기용이 깜짝 놀라 주저앉고 말았다.

"허어억……."

언제부터였을까. 대합실 내부로 스모그 같은 뿌연 연기가 시야를 가리고 있었다. 마치 연막탄이라도 뿌려 놓은 것만 같았다.

어디선가 또 바람 소리가 들려왔다.

파아앗!

이번엔 오대수를 노리고 날아온 화살이었다. 그리고 강서준이 미간을 구기며 화살을 잡는 사이 또 한 발이 날아왔다.

표적은 최하나였다.

타앙!

"……강서준 씨."

"네. 아무래도 적대적인 것 같네요."

두 사람의 시선이 공중에서 부딪쳤다. 한마디 말을 더 섞지 않아도 다음에 취할 행동이 서로의 머릿속에 그려지고 있었다.

동시에 왼쪽으로 최하나가, 오른쪽으로 강서준이 달려 나갔다.

화살이 날아온 방향.

안개가 시야를 가렸어도 적이 어느 쪽에 있는지 찾아내지 못할 만큼 그들은 허접한 플레이어가 아니었다.

강서준은 순식간에 적을 파악하고 접근할 수 있었다.

쇄애애액!

쇄애액!

그의 접근이 두려웠을까? 갑자기 화살이 난사되기 시작했다. 하지만 정밀 조준으로도 그를 맞히는 게 쉽지 않은 상황에서 아무렇게나 쏘아 대는 화살을 맞아 줄 리 만무.

강서준은 주먹을 말아 쥐고 화살이 쏘아진 방향에 다다랐다.

보이는 건 한 마리의 코볼트였다.

크기도 작았고 레벨도 그다지 높아 보이지도 않았는데, 놈은 겁에 질린 얼굴을 하고 있었다.

강서준과의 레벨 차이를 실감한 걸까.

'근처에서 던전 브레이크라도 벌어진 건가?'

하지만 코볼트를 내려다보면서 강서준은 묘한 기분에 휩싸였다.

붉게 물든 몬스터의 눈.

그 입에서 나는 지독한 악취.

모든 정황이 맞아떨어졌지만 정작 그의 행동에 머뭇거림이 생겨나고 있었다. 강서준은 이유를 깨달았다.

그건 있을 수 없는 일이었다.

'이놈 이름이…….'

두 눈을 금빛으로 물들인 그는 코볼트를 살펴보다 모골이 송연해지는 기분을 느꼈다.

"최하나 님! 쏘면 안 됩니다!"

타아앙!

너무 늦은 걸까?

가볍게 코볼트의 뒤통수를 가격해 기절시킨 강서준은 최하나가 향했을 방향으로 달려갔다.

그곳엔 총알에 의해 한쪽 어깨가 관통당한 코볼트가 괴로움에 비명을 지르고 있었다.

다행히 죽이진 않은 모양이었다.

최하나는 의문 가득한 눈으로 강서준을 올려다봤다.

"느낌이 싸해서 빗맞히긴 했는데요. 무슨 일이죠? 왜 쏘면 안 되는 거예요?"

강서준은 고통에 몸부림치는 코볼트를 향해 다급하게 HP 포션을 들이부었다. 하급 포션이어서 효과는 떨어졌지만 코볼트의 생명을 붙일 수는 있었다.

나머지는 몬스터 특유의 회복력을 기대어 봐야겠지.

강서준의 기이한 행동에 미간을 구기던 최하나는 고개를 갸웃했고, 가까이 다가온 오대수도 머리를 긁적였다.

"……강서준 님. 대체 무슨?"

그때 장기용이 한 발짝 다가오더니 말했다.

"강서준 님의 일이라면 이유가 있을 겁니다. 전 믿어요."

"……."

"진짜요."

가만히 장기용을 올려다보던 강서준은 어깨를 으쓱했다. 언제부터인가 조금 소름이 끼치는 표정을 짓는 장기용이었다. 대체 무슨 수작일까.

하지만 강서준은 장기용을 일별하며 코볼트를 내려다봤다. 징그러운 얼굴로 날카로운 이빨을 드러내며 울고 있었다.

강서준은 말했다.

"이놈 몬스터가 아닙니다."

"……네?"

"사람입니다."

점차 회복되는 코볼트의 눈망울은 여전히 피처럼 붉은색이었다. 또한 날카로운 울음은 몬스터가 내지르는 것과 똑같았다.

그리고 그때.

대합실을 가득 채웠던 안개가 옅어지면서 한쪽으로 조금은 덩치가 커다란 코볼트가 나타났다.

안경?

코볼트 주제에 안경을 쓴 놈부터 우르르 대략 20마리쯤 되는 코볼트가 나타났다.

일행이 긴장하며 무기를 쥐었지만 강서준은 거리낌 없이 말했다.

"이놈들도 전부요."

"네?"

"전부 사람이라고요."

안경을 쓴 코볼트는 코를 벌렁거리면서 입을 열었다. 그 음성엔 당혹감이 곁들어져 있었다.

"다, 당신들은…… 키이잇! 일수꾼이 아, 아닌…… 겁니까?"

번들거리는 푸른 외피.

툭 튀어나온 어금니.

해리포터의 도비를 떠오르게 하는 작은 몬스터.

그럼에도 안경을 쓰고 있는 언밸런스한 코볼트를 내려다보며 강서준은 미간을 좁혔다.

이놈은 본인을 '신우현'이라고 소개했다.

"오…… 오해 킷! 우리는 몬스터가 아님!"

안경을 고쳐 쓴 신우현은 무던히도 입을 열었다. 코볼트의 구강구조상, 발음은 뭉개지고 말하는 중간에 울음이 섞였지만 알아듣는 데는 전혀 문제가 없었다.

옆에서 오대수가 식은땀을 흘리며 강서준에게 조심스레 귓속말을 해 왔다.

"이, 이놈 말이 사실일까요? 딱 봐도 몬스터인데……."

강서준은 나지막이 고개를 끄덕였다.

마침 그들에게 설명해 줄 증거가 있었다. 강서준은 코볼트를 가리키며 바로 말했다.

"몬스터의 이름에도 색깔이 있는 건 잘 아시죠?"

플레이어의 레벨에 따라 구분되는 색깔이 있었다. 붉을수록 강한 개체였고, 그 반대는 점차 녹색으로 변했다.

이건 드림 사이드의 기초 상식.

당연히 다들 아는 눈치였는지 고개를 끄덕이며 긍정했다.

그렇다면 얘기는 빨라진다.

"지금 코볼트의 색깔은 어떻죠?"

"네? ……아앗!"

오대수가 외마디 소리를 지르며 감탄했다. 그는 강서준이 무슨 말을 하려는지 그제야 눈치챈 것이다.

역시 형사라 그런지 관찰력은 뛰어났다.

"흰색이군요!"

흰색은 플레이어의 색깔.

그들이 몬스터라면 결코 가질 수 없는 색깔을 가졌기에, 강서준은 저들이 사람이라는 걸 알아차릴 수 있었다.

"네. 이들은 플레이어입니다."

해서 강서준은 이들을 사냥하지 않고 HP포션까지 먹였다. 몬스터라면 모를까, 사람이라면 이들을 쉽게 죽게 놔둬선 안 되니까.

강서준은 한마디를 덧붙였다.

"혹시나 해서 하는 말입니다만, 이들은 그리드랑 다릅니다. 그리드도 이름에 흰색의 색깔을 가질 수 없어요."

그리드는 시스템에 의해서 '몬스터'로 구분된다. 그들은 다른 몬스터처럼 이름의 각양각색의 색깔을 지니게 되는 것이다.

그리고 그게 그리드를 인간으로 되돌릴 수 없는 이유였다. 이미 몬스터로 변이된 이들이 인간으로 돌아온 경우는 여태 본적이 없었으니까.

'내가 아직 방법을 모르는 걸지도 모르지만.'

하지만 랭킹 1위에, 그 누구보다 많은 퀘스트를 풀어 온 강서준이 모르는 일을 아는 사람이 있을까.

강서준은 상념을 털어 내며 일행을 돌아봤다. 그들이 믿어 주는 눈치를 보이자, 코볼트들이 눈에 띄게 긴장을 푸는 게 보였다.

"자, 그럼 본격적으로 이야기를 들어 볼까요."

일행을 납득시킨 강서준은 다시 코볼트에게 시선을 뒀다. 당장 20마리의 코볼트 중에서 말을 하는 건 안경을 쓴 신우현이 유일했다.

그만이 말을 할 수 있었다.

강서준은 코볼트들을 둘러보다 마지막으로 신우현에게 시선을 뒀다.

그는 감격에 젖은 눈으로 강서준을 보고 있었다.

강서준이 먼저 입을 열었다.

"일단 한 가지 짚고 갑시다. 왜 우릴 공격한 거죠?"

그들의 정체가 인간이라면 강서준 일행을 공격할 이유가 없었다. 해서 대화는 그들이 몬스터처럼 인간을 습격한 이유에 대한 설명부터 시작해야 한다.

"혹시 당신들은 인간의 적입니까?"

코볼트들은 전부 빠르게 고개를 가로저었다. 신우현은 양손을 교차로 ×자를 그리며 강렬하게 부정했다.

"그럼 왜 우릴 공격한 거죠?"

강서준의 질문에 신우현은 침을 꼴깍 삼켰다. 하지만 눈동자는 이글이글 원한을 가득 품고 있었다.

단순한 목적은 아닌 듯했다.

곧 신우현은 입을 열었다.

"키잇…… 모두 일수꾼 때문입니다!"

⚜

고볼드 신우현.

아니, 23세의 신우현은 갓 군대를 전역하고 토익 학원에 처음으로 등원하던 중에 던전화에 휘말린 케이스였다.

그는 오픈 당일.

영등포역 인근에 있었다.

"……허억!"

갈라지는 도로.

가로등을 들이박고 멈춰 선 자동차.

연기가 피어오르는 건물.

유리 너머로 어렴풋이 보이는 정체를 알 수 없는 괴물까지.

신우현은 하얗게 질리는 시야 너머로 문득 퀘스트 알림을 보았다. 이유는 모르겠지만 저도 모르게 한 단어가 떠올랐다.

모를 리가 있겠는가. 그토록 오랫동안 플레이했었는데.

게임 속 인터페이스가 눈앞에 있었다.

"드림 사이드?"

아가리부터 들이미는 괴물을 앞에 둔 신우현은 일단 튜토리얼 퀘스트부터 클리어할 수 있었다.

뭐가 됐든 괴물을 피하다 보니 일단 던전화로부터 벗어난 것이다.

그는 아이템도 지급받을 수 있었다.

정말 게임처럼…… 투박한 장검을 쥔 그는 현실도 깨달았다.

이 세상은 게임이 된 것이다.

"후우……."

그 터무니없는 상황에서 신우현은 의외로 금방 적응할 수 있었다.

2년의 군 생활.

불행에 대한 한탄보다 적응이 낫다는 걸 몸소 체득하기엔 충분한 시간이었다. 신우현은 그렇게 플레이어가 됐고.

어떻게든 아등바등 서울에서 생존을 하고 있는 것이다.

'섭종 보상을 받질 못한 건 너무 아쉽지만.'

드림 사이드는 군 입대 전까지만 해도 한창 폐인처럼 즐겼던 게임. 나름 고렙의 플레이어였던 그는 섭종 보상으로 가져올 아이템이 꽤 많았다.

레벨도 200에 근접했었다.

그걸 가져올 수만 있었으면 그의 상황도 훨씬 나았을지도 몰랐다. 훨씬 더 빠른 성장도 가능했겠지.

'하지만 하필 드림 사이드는 군대에 있을 때 서비스가 종료됐어.'

전역한 뒤는 이미 보상을 신청하기엔 늦어도 한참을 늦은 시점이었다. 신우현은 경험자면서, 아무것도 가지지 못한 채 맨땅에서 시작해야 했다.

아니, 맨땅까지는 아닐시노 모른다.

'그래도 경험이 있었으니까.'

레벨 200까지 키워 냈던 드림 사이드의 기억들. 군 생활 2년 동안 상당 부분을 까먹었지만 새록새록 떠오르는 기억이 그의 행동을 조율했다.

그건 충분히 훌륭한 무기였다.

신우현은 경험을 바탕으로 튜토리얼 퀘스트를 돌파할 수 있었고, 각종 초반 업적을 몇 개 가져올 수 있었다.

경험이 그를 강하게 해 준 것이다.

그리고 그즈음 영등포역의 생존자 그룹을 만날 수 있었다.

그와 똑같이 투박한 장검을 쥐고서 몬스터들에게 쫓기던 일련의 무리.

신우현이 그 무리에 섞여 들어가는 건 자연스러운 일이었다.

"반드시 살아서 만납시다. 모두."

신우현은 선택의 미로에서도 다른 영등포역 생존자들과는 다르게, 노말 난이도를 골랐다.

특별한 이유는 없었다.

이지 난이도를 고르자니 능력이 쓸모없을 게 뻔했고, 하드 난이도는 감히 그가 감당하지 못하는 수준이었다.

그나마 무난할 것만 같았던 노말 난이도.

신우현은 솔직히 노말 난이도에서도 죽을 뻔했다. 다시 과거로 돌아간다면 망설임 없이 이지 난이도를 고를 거라고 수십 번 되새겼을 정도였다.

'어쨌든 살아서 돌아왔으면 된 건가.'

이후로 신우현은 영등포역의 주축이 되어서 생존을 이어나갔다. 노말 난이도의 통과자라 더더욱 사람들은 그를 의지하고 있었다.

'문제는 영등포역엔 고렙의 플레이어가 없었다는 거야.'

고작 노말 난이도를 통과한 신우현이 그룹의 주축이라는 게 문제라면 문제였던 것이다.

고렙 플레이어가 없다는 현실.

섭종 보상을 가진 경험자조차 없는 영등포역의 생존자 그룹은 갈수록 위축될 수밖에 없었다.

번화가를 집어삼킨 수 개의 던전.

공략하지 못해 늘어나는 던전 브레이크와 점차 좁아지는 플레이어의 영역은 더더욱 힘든 상황으로 이어졌다.

식량도 떨어지면서 굶는 상황까지 벌어졌다.

"키이잇…… 그때. 우리…… 는. 놈들…… 을 받아들이지 말았……어야 했다."

그 시기에 나타난 것이 의문의 상인들이었다.

영등포역의 곳곳에 갑자기 출몰한 보따리상인들. 먹을 것부터 신비한 아이템으로 무장한 그들은 꽤나 친절했더랬다.

봉사 단체처럼 영등포역의 생존자 그룹에겐 희망을 줬다. 먹을 음식과 몬스터와 싸울 수 있는 무기도 제공해 줬다.

해서 처음엔 고마웠다.

덕분에 당장 죽진 않았으니까.

"사기…… 사기였다!"

보따리상인에게서 물건을 받을 때, 사실 영등포역의 생존자들이 지불할 수 있는 건 없었다. 사냥조차 어려운 실정에서 아이템을 수급할 수도 없었다.

해서 그들은 플레이어의 명함을 내걸었다.

미래를 보고 투자한다는 말에 혹해서 계약한 플레이어들은 손쉽게 그들에게 인생을 저당잡히고 말았다.

신우현은 당시를 회상하며 이를 갈았다.

"이면…… 키이잇! 이면 계약이었다!"

당시엔 몰랐지만 상인들이 줬던 음식엔 '마약'이 들어 있었다. 한 번 먹으면 배가 불러도 계속 찾게 된 탓에 영등포역은 순식간에 무너지게 된 것이다.

거기에 놈들의 계약서는 이면 계약서.

거래한 금액을 갚지 못할 시 '신체'를 제공한다는 조항이 뒷면에 아주 작은 글씨로 적혀 있었다.

"키이이이이잇!"

분노에 찬 코볼트들의 함성이 대합실을 뒤흔들었다. 그들의 울음 속엔 참을 수 없는 서러움과 억울함이 담겨 있었다.

"놈…… 들은…… 우리 몸을 빼앗아 갔다! 키이이잇!"

상인들이 떠나가고 다시 나타난 건 '일수꾼'이란 존재였다. 일수꾼은 무리를 이끌고 나타나더니 계약한 대로 값어치를 치른 것이다.

그리고 정신을 차려 보니 상황은 이미 종료.

"우린…… 코볼트가 됐……키이잇!"

영등포역의 플레이어는 그렇게 영혼을 저당잡혀 코볼트의

몸속에 갇히고 말았다. 실제 그들의 몸은 일수꾼에 의해 어딘가로 사라져 버렸고.

그리고 그건 비극의 시작에 불과했다.

"일수꾼…… 은…… 키잇! 악랄했다!"

플레이어의 신체를 앗아 간 일수꾼은 일주일에 한 번씩 찾아왔다.

그리고 매번 요구하는 건 계약서에 명시된 '이자'였다. 그들은 갚지 못한 물건에 대한 이자를 가져가는 것이다.

하나 고작 코볼트의 몸에 갇힌 플레이어들이 무언가를 하기엔 영등포 인근의 던전은 너무 험난했다.

아무런 사냥도 못 한 채로 매주 일수꾼을 만나게 된 생존자들은 결국 새로운 것들을 빼앗기게 됐다.

"기……억!"

바로 생존자들의 기억.

그걸 어디에 써먹는지는 몰라도 그들은 이자 대신 이들의 '기억'을 앗아 가고 있었다.

어쩌면 다른 코볼드들이 말을 하질 못하는 이유가 그래서일지도 몰랐다.

"더는…… 뺏길 수…… 없…… 키잇!"

그것이 영등포역의 생존자들이 가진 비극이었고, 강서준 일행을 습격하게 된 진짜 이유였다.

모든 얘기를 전해 들은 강서준은 코볼트들을 둘러보며 나지막이 말했다.

"그랬군요."

감탄도, 동정도, 어떤 감정도 담지 않은 담백한 대답이었다. 하지만 어딘가 날이 선 듯 차가운 말투였다.

"혹시 이곳에 다른 사람들은 온 적이 없습니까?"

"다른…… 사…… 람?"

"네. 반주역에서 이쪽으로 온 사람들은 없었나요? 설마 해치진 않았겠죠?"

신우현은 고개를 가로저었다.

강서준의 한마디 한마디가 서릿발처럼 차가워서 그런지 코볼트들은 긴장한 안색이 다분했다.

"아닙……키잇! 저희가 처음…… 만난 건…… 당신들…… 전부!"

주변을 둘러싼 코볼트들도 고개를 격렬하게 끄덕였다. 그리고 강서준은 그들을 돌아보며 애써 화를 식혔다.

물론 코볼트들에게 화난 게 아니었다.

강서준은 한숨을 밀어내며 코볼트 신우현을 바라봤다. 아직 물어보지 않은 의문이 남아 있었다.

"혹시 상인들에게 빚진 것들의 총량은 달랐습니까?"

"아…… 닙니다."

"이자는요?"

여전히 고개를 가로젓는 신우현.

강서준은 입술을 꽉 깨물며 물었다.

"그 새끼들…… 일수꾼 또 언제 옵니까?"

그때였다.

탓탓탓!

멀리서 복도를 가로지르는 작은 발소리가 있었다. 가볍게 뛰어온 코볼트 한 마리가 대번에 신우현에게 다가가더니 울었다.

"이, 일수꾼!"

그 뒤를 따라서 느긋한 발소리가 천천히 들려오기 시작했다.

일수꾼의 등장에 강서준은 일단 대합실에서 조금 떨어진 위치의 매표소 내부로 숨기로 했다.

그사이 코볼트들이 종전의 강서준 일행을 맞이할 때처럼 대열을 맞추기 시작했다.

뭘 하려는지는 뻔했다.

최하나가 조심스럽게 입을 열었다.

"강서준 씨…… 괜찮아요?"

"네?"

"안색이 안 좋으세요."

상위0.001%
랭커의귀환

정신을 차리고 주변을 둘러보니 오대수나 장기용도 은근히 그의 눈치를 보고 있었다.

최하나가 다시 물었다.

"어디 불편하신 거라도 있나요?"

강서준은 고개를 가로저었다. 표정에 드러날 정도로 동요한 건 사실이었지만, 그것 때문에 심경이 어지럽다고 한다면 그건 또 아니었다.

그에겐 '침착'이 있어서 어지간한 일이 아니고선 감정을 컨트롤할 수 있었으니까.

다만.

"조금 화가 나서요."

강서준의 시선엔 곳곳에 몸을 숨긴 채 화살을 겨눈 코볼트들이 보였다. 그들은 아예 말조차 잊고 키이잇, 거리며 울음을 토해 냈다.

아예 언어를 모르는 사람처럼.

진짜 몬스터처럼…….

강서준은 애써 화를 삭이며 말했다.

"저들이 빌린 물건값은 대개 비슷했어요. 이자에도 차이는 없댔죠."

"……그랬죠?"

"한데 기억의 손실이 전부 달라요. 언어를 잊을 정도로 기억을 손실한 코볼트와 그렇지 않은 코볼트가 있죠."

강서준이 물었다.

"왜 기억의 손실에 차이가 생길까요?"

"……설마."

눈치 빠른 최하나는 강서준이 말하는 의도를 바로 알아차렸다. 오대수도 시간이 조금 걸렸지만 금세 깨닫고 얼굴을 구겼다.

장기용도 정답에 가까워졌다.

"애초에 기억의 총량이 달랐던 겁니다."

살아온 세월이 다른 것이다.

안경을 쓴 코볼트 신우현은 23살이었다. 23년 치의 기억을 갖고 있었으니 그는 남보다 더 오랜 시간 인간처럼 움직일 수 있었다.

반대로 다른 이들은 그보다 적은 양의 기억을 가진 것이다.

즉.

"아이들인 겁니다."

20살 미만의 미성년자 혹은 어린아이들의 신체를 빼앗고, 기억을 훼손시켰다는 결론이 나왔다.

해서 신우현은 무리해서라도 일수꾼을 공략하려는 계획을 세웠는지도 모른다. 그는 몰라도 다른 아이의 기억은 실낱처럼 남아 있었으니까.

만약 인간이었던 기억을 모두 잃어버리면 어떻게 될까.

'몬스터가 되는 거야.'

시스템은 코볼트의 몸속에 인간의 영혼, 구체적으로 말하자면 '깨어 있는 인간의 영혼'이 있기에 '플레이어'로 분류했다.

하지만 완전히 기억을 잃어버린다면 그들은 몬스터가 될 것이다. 그리드와 마찬가지로 되돌릴 수 없게 된다는 얘기였다.

"빌어먹을 새끼들이……."

이를 가는 오대수를 뒤로하고 강서준은 정면을 바라봤다.

"키이이잇!"

일대의 코볼트들이 긴장하며 영등포역 내에 숨겨 뒀던 장치를 발동시켰다. 주변이 뿌옇게 변하며 시야를 가리는 안개가 생겨났다.

정확하게 강서준을 공략했던 방법과 똑같았다.

그때 강서준은 계단을 밟고 올라오는 일수꾼의 무리를 발견했다. 덩치가 2m는 될 법한 거구가 묵직한 걸음을 내고 있었다.

그리고 알았다.

신우현의 계획은 실패할 것이다.

"어떡하죠? 가만히 놔둘 거예요?"

최하나의 말에 강서준은 일수꾼을 보는 눈을 날카롭게 빛냈다. 가만히 놔둘 거냐고? 강서준은 가만히 주먹을 말아 쥐었다.

"……당연히 아니죠."

❦

"크릉! 이건…….."

영등포역의 대합실까지 올라온 거구의 사내들이 뜨거운 콧김을 내뱉었다. 그들의 눈동자가 현란하게 움직이며 정확하게 주변에 숨은 코볼트를 파악했다.

"허튼수작을 부리는군!"

높이 든 방망이. 거구의 사내가 방망이를 위에서 아래로 세게 내리치자, 바닥이 쩌적 갈라졌다.

동시에 바람이 일어나면서 순식간에 안개가 물러났다. 혼비백산하는 코볼트의 전경이 일수꾼의 눈에 포착되었다.

"귀여운 짓들을 하는구나!"

그리고 거구에 어울리지 않는 속도로 코볼트를 향해 달려갔다. 코볼트들이 뒤늦게 화살을 쏘았지만, 거구의 피부는 돌덩어리라도 되는 듯 화살을 튕겨 냈다.

"키이이잇!"

포기하지 않은 신우현의 울음이 코볼트들을 움직였다. 가까이에 있던 코볼트들이 폴짝 뛰어오르며 거구의 몸을 향해 동그란 뭔가를 던졌다.

어디서 구했을까.

보아하니 그것은 '수류탄'이었다.

콰아아아앙!

순식간에 일대가 폭발하면서 안개가 완전히 날아갔다. 하지만 일수꾼 한 마리를 수류탄의 범위에 넣었다.

신우현은 승리의 함성을 질렀다.

코볼트들은 뒤따라 함성을 지르며 수류탄을 내던졌다. 일수꾼이 뭉쳐 있던 자리는 순식간에 쑥대밭으로 변했다.

하나 함성은 너무 일렀는지도 몰랐다.

"돈을 빌렸으면…….

연기를 뚫고 일수꾼의 손이 쑤욱 튀어나왔다. 가장 가까이에 있던 코볼트의 머리가 붙잡혔다.

"……갚아야지!"

"키잇…… 키이잇!"

코볼트가 두려움에 울었지만 도와줄 이는 없었다. 비슷한 상황이 곳곳에서 벌어지고 있었다.

그건 당연했다.

거구의 존재들.

일수꾼은 애초에 코볼트가 어찌할 만한 수준이 아니었다. 현대식 무기인 수류탄조차 먹히지 않을 단단한 피부를 가진 것이다.

강서준은 그들을 알고 있었다.

－그리고.

일수꾼의 팔뚝이 부풀어 오르며 코볼트의 머리를 터뜨리려는 걸 확인한 강서준은 앞으로 나섰다.

스거억!

날카로운 절삭음과 함께 일수꾼의 팔이 싸악 잘려 나갔다. 핏기를 머금은 가시를 휘두르며 순식간에 일수꾼의 머리까지 잘라 낸 강서준이었다.

그게 시발점이었다.

총성이 울리자 일수꾼의 미간이 꿰뚫렸다. 오대수와 장기용은 덜덜 떨고 있는 코볼트를 데리고 뒤로 훌쩍 물러났다.

순식간에 일수꾼과 코볼트 사이로 선이 생겨났다. 그 중앙에 선 최하나와 강서준을 보며 누군가가 중얼거렸다.

"인간……?"

완전히 걷혀진 안개 너머로 모습을 드러낸 한 마리의 일수꾼. 첫인상은 동화 속에서 볼 법한 도깨비를 닮았다는 것이다.

떡 벌어진 어깨.

이마에 도드라진 뿔.

방망이를 휘두르면 뚝딱 요술이라도 부릴 것 같지만, 저놈들의 장르는 그쪽이 아닐 것이다.

따지자면 '잔혹동화' 방향이었다.

'하필 도깨비라니.'

도깨비는 레벨이 80을 넘기는 D급 수준의 몬스터. 고작 최대 레벨이 30밖에 안 되는 코볼트 따위가 대적할 수 있는 상대가 아니었다.

'특히 저놈들은 딱 봐도 단단해 보이잖아.'

힘깨나 쓰게 생긴 놈들은 수류탄조차 뚫지 못하는 피부를 가졌다. 근력 수치와 체력 수치가 가파르게 상승한 개체라는 방증이었다.

한편 강서준은 도깨비의 이름에 집중했다. 그곳엔 버젓이 '흰색'의 색깔이 도드라져 있었다.

'심지어 플레이어라고.'

하지만 저들을 보면서 코볼트를 향해 느꼈던 동정 따위는 들지도 않았다. 그를 감싸는 건 차가운 분노였다.

강서준은 도깨비의 선두에 선 놈을 노려봤다. 이마에 난 뿔이 두 개인 걸로 보아 무리의 대장 격에 해당할 것이다.

두 개의 뿔을 가진 도깨비.

이깨비.

"인간. 방해하지 마라."

"넌 인간이 아니냐?"

"……뭐?"

멍청한 물음으로 대답하는 도깨비를 보며 강서준은 혀를 찼다. 마치 인간인 적이 없었다는 듯 말하는 걸 보면 가증스러워 돌아 버릴 지경이었다.

"됐다. 말해 뭐 하겠냐."

순식간에 접근한 강서준이 뿔이 하나인 '일깨비'의 뿔을 잡아 그대로 던졌다. 거구의 몸이 공중을 날아 벽면에 부딪치니 뭔가가 폭발하는 소리가 났다.

뒤이어 가까이에 있던 일깨비를 걷어차고, 놈이 떨어뜨린 방망이를 주워 머리를 깨뜨렸다.

속은 인간이겠지만.

손속에 사정은 두지 않는다.

'이놈들은 코볼트랑 다르니까.'

코볼트는 사기를 당해 몸을 빼앗긴 케이스였다. 하지만 도깨비는 그런 과정 없이 자원한 자들일 것이다.

또한 그들 중 선의를 가진 자들은 없다.

'도깨비가 되기 위한 전제 조건은 존속살인이니까.'

강서준의 눈매가 가늘어졌다.

그를 향해 불꽃이 날아왔기 때문이었다.

화르르륵!

일대를 태우는 불꽃은 이깨비의 능력이었다. 놈은 '화속성'인 듯 불꽃을 다루며 이쪽을 압박했다.

불꽃에 약한 코볼트들이 안타까운 신음을 냈다.

강서준이 말했다.

"불장난하면 안 된다는 건 도덕 시간에 안 배웠냐."

강서준의 류안이 발동했다.

순식간에 전장의 흐름을 읽은 그는 이깨비로 향하는 길을 찾았다. 그리고 최단 거리를 달려 이깨비에게 접근했다.

나머지 일깨비는 최하나에게 맡겼다.

그녀라면 충분히 혼자 감당할 수 있을 것이다.

그때 앞으로 불꽃이 드리웠다.

정면을 완전히 장악한 불꽃 속에서 그는 최소한의 화상으로 넘을 수 있는 지점을 찾았다.

화르르르륵!

후웅!

순식간에 불꽃을 뛰어넘은 강서준의 주먹이 이깨비의 얼굴을 향해 내질러졌다. 놈이 고개를 뒤로 내빼며 피했지만 그보다 강서준의 주먹이 먼저였다.

[스킬, '마력 집중(F)'를 발동합니다.]
[장비 '카카시의 가시 건틀렛'의 전용 스킬 '가시'를 발동합니다.]

강서준은 무기에 달린 '가시'를 활성화시키며 요술 도깨비의 이마를 콱 찔러 버렸다.

푸우우욱!

이마를 관통당한 놈이 억울한 듯 이쪽을 쳐다봤다. 하나 이미 뇌를 찔린 놈의 눈은 빠르게 생기를 잃어 갔다.

[일수꾼 '이깨비'를 처치했습니다.]

[레벨이 올랐습니다.]

[보상을 획득했습니다.]

1. 도깨비 보따리.

2. 이면 계약서.

강서준은 미간을 좁히며 이면 계약서를 확인할 수 있었다. 어쩌면 코볼트를 원래대로 돌려놓을 방법이 적혔을지도 몰랐다.

이면 계약서

이름 : 강석호
내용 : '갑'은 '을'에게 무조건적인 희생과 노동을 시킬 권리를 가진다.
　　　'을'은 매주 '갑'에게 상납금 의무를……

도입부터 불공정한 내용이었다.

본래 코볼트들이 이 계약서를 확인할 즈음엔 저런 문구는 적혀 있지 않았겠지. 아마 특수한 아이템으로 내용을 가리고 계약과 동시에 문구가 드러났을 것이다.

이러니 계약은 함부로 하면 안 된다.

특히 드림 사이드는 더더욱…….

스스로를 지킬 힘이 없다면 빼앗기는 세상이니까.

"⋯⋯시발."

계약서의 끝까지 읽은 강서준은 욕지거리를 내뱉었다. 마지막 문구는 읽자마자 짜증이 확 올라오는 내용이었다.

'치밀한 새끼들.'

타아앙!

일깨비가 모조리 쓰러지자 영등포역엔 일시적인 평화가 찾아왔다. 도깨비들의 사체 위로 하얀 연기 같은 게 솟아났는데. 그건 아마 플레이어의 영혼일 것이다.

그리고 그때.

"키이잇⋯⋯?"

코볼트들이 고개를 갸웃하더니 툭툭 쓰러지기 시작했다. 그들의 몸에서도 도깨비처럼 하얀 연기가 새어 나왔다.

코볼트 속에 있던 영혼들.

이윽고 전염병처럼 퍼진 증상은 모든 코볼트에게 드러났다.

"이, 이게 무슨⋯⋯?"

놀란 오대수가 중얼거리는 사이 모든 코볼트는 쓰러졌다. 내부를 채우는 영혼이 사라져서인지 다들 시체처럼 엎어지고 말았다.

"강서준 씨⋯⋯ 어떡하죠?"

얼추 상황을 파악한 최하나가 강서준을 바라봤다. 그는 계약서를 다시 들여다보며 침을 삼켰다.

만약 '을'에게 이자를 받으러 온 '일수꾼'에게 문제가 발생했을 시, '갑'은 '을'의 모든 권한을 가지게 된다.

코볼트가 일수꾼을 공격한 순간부터 이 상황은 정해져 있던 것이다.

어쩌면 놈들은 코볼트가 이렇게 나오길 기다렸는지도 몰랐다. 그러면 애써 이자를 기다릴 필요도 없이 기억을 가져갈 수 있었으니까.

후우우우웅!

솟아난 것과 동시에 대기 중으로 흩어지는 도깨비의 영혼과 달리, 코볼트 쪽의 영혼은 한데 뭉치더니 한 방향으로 움직였다.

강서준은 눈을 빛내면서 말했다.

"따라가야 해요."

"네?"

"늦으면 아이들이 위험해요."

바쁘게 연기를 쫓아 보니 의외로 향하는 방향이 익숙했다. 계단을 따라 내려가니 도착한 곳은 바로 그들이 도착했었던 '유령역 플랫폼'이 나왔다.

한데 다른 점이 있었다.

"……전철?"

[곧 열차가 출발하오니 이용객들은 탑승해 주시기 바랍니다.]

터무니없는 것이 그곳에 있었다.

달리는 유령열차 (1)

직각으로 된 기다란 기체는 차가운 기계음을 냈다. 활짝 열린 문 너머로는 쾌적한 실내도 보였다.

폐역이나 다름없는 유령역 플랫폼으로 들어선 네모난 기체는 차갑게 그 존재감을 드러냈다.

푸쉬이이익.

푸른 시트.

천장에 매달린 손잡이들.

[D급 던전 '달리는 유령열차'를 마주했습니다.]

따뜻한 히터가 켜진 듯 후끈한 바람이 바깥으로 새어 나왔다. 강서준은 그게 너무 터무니없어서 두 눈을 의심하고야 말았다.

"어떻게 전철이 아직도……."

서울이 이 꼴이 된 이후로는 전철의 운행은 당연히 끊겼다. 해서 반주역의 사람들도 지하철 노선도를 따라 피난 계획을 짠 게 아니었던가.

'그전에 여긴 10호선이잖아.'

강서준은 미간을 좁히며 전철의 외관을 더욱 철저하게 들여다봤다.

멸망 이후 세 달이 지난 시점에서도 전철이 운행하고 있을 리 없는 걸 둘째로 치더라도, 짓다 만 10호선으로 전철이 다닐 이유는 없었다.

다른 가능성을 고려해 보자.

강서준은 지그시 바라보다 문득 고롱이가 주머니에서 미친 듯이 떨어 대고 있다는 걸 깨달았다.

고롱이가 이만한 반응을 보이는 데엔 한결같은 이유가 있었다.

['고롱이'가 눈앞의 '진수성찬'에 흥분을 감추지 못합니다.]
['고롱이'에게 영양을 주길 아끼지 마십시오.]

……그랬군.

강서준은 익숙한 외관을 노려보며 한숨을 내쉬었다. 예상은 했지만 이런 식으로 나올 줄은 몰랐다.

'던전이야.'

전철을 무대로 한 던전인 것이다.

'이곳에 도착했을 때 없었던 걸 생각해 보면…… 아마도 이동 던전이겠지.'

던전이 주 콘텐츠인 드림 사이드는 정말로 각양각색의 던전이 곳곳에 도사리는 세계였다.

그중에 이동 던전.

드림 사이드에서 이동 던전은 대개 마차나 배의 형태를 가졌다. 종종 비행선 모양도 있었는데 그건 판타지 세계관이어서 그랬던 모양이었다.

현대 세계관인 이곳은 전철을 무대로 '이동 던전'이 발생한 것이다. 어쩌면 '비행기'나 '버스' 등에서도 던전화가 벌어져도 이상하지 않았다.

적어도 이 세계에서의 이동 던전은 여러모로 까다로울 것만 같았다.

"강서준 씨."

잠시 생각에 빠진 사이 유령역으로 내려갔던 하얀 연기의 행적을 놓칠 뻔했다. 청소기에 빨려가듯 영혼들은 전철로 쏘옥 들어가 버리고 말았다.

눈앞의 전철이 던전이라는 사실을 알아차린 오대수가 조

심스레 물었다.

"어떡하죠?"

가만히 전철을 바라보던 강서준은 오대수를 돌아보며 도리어 물었다.

"형사님은 어떻게 하실 거죠?"

"네?"

"보다시피 이곳은 던전입니다. 저곳으로 들어가면 반주역의 생존자를 찾을 기회를 날려 버릴 수도 있어요."

강서준은 이미 일수꾼에게 영혼을 빼앗긴 아이들을 쫓을 생각이었다. 하지만 반주역의 리더였던 오대수에게 그것까지 강요할 수는 없었다.

그는 반주역 사람들을 지켜야 할 책임이 있었다.

여기서 갈 길이 틀어져도 강서준이 그를 잡을 이유는 하등 없었다.

잠시 고민하던 오대수가 답했다.

"코볼트…… 아니, 신우현은 이곳에 다른 사람은 온 적이 없다고 했었죠."

"……."

"생존자들이 살아 있다면 영등포역을 무시하고 다음 역으로 도망갔을 리는 없어요. 이 근방엔 전투 흔적도 없으니 아직 그리드도 도착하지 않았고요."

그게 현실이었다.

오대수는 계속해서 불편한 진실을 말하고 있었다.

"냉정한 얘기 같지만 생사를 확인할 수 없는 사람들을 쫓는 것보다는 당장 눈앞의 아이들을 구하는 게 더 실리적입니다."

강서준은 묵묵히 고개를 끄덕여 그의 생각을 동조해 줬다. 혹시나 반대쪽 터널로 생존자들이 도망갔을지도 모른다는 위로는 하지 않았다.

확신할 수 없는 문제는 위로라도 하지 않는 게 좋으니까.

지금 강서준이 할 말은 하나였다.

"그럼 갑시다."

무거운 침묵을 어깨에 걸고, 그들은 전철로 들어갔다.

✦✦✦

[승차권을 구하지 못했습니다.]

[무임승차가 확인되었습니다.]

[플레이어 '공지원'은 '역무원'의 표적이 되었습니다.]

D급 던전 '달리는 유령열차'는 고작 레벨 52의 공지원이 버틸 만한 수준의 던전이 아니었다.

설령 던전 브레이크로 빠져나온 스켈레톤을 혼자서 모조리 소탕한다고 해도 그건 변하지 않을 것이다.

던전의 초입.

꼬리 칸부터 그는 확신할 수 있었다.

'……난 죽을 거야.'

후우우웅!

다소 터무니없지만 빗나간 공격마저 HP를 떨어트렸다. 축구공만 한 '새끼 도깨비'는 몸통박치기밖에 할 줄 모르는 아주 단순한 몬스터였지만.

그는 그조차 상대할 수 없었다.

그가 생각하는 것보다 훨씬 더 큰 수준 차이가 느껴졌다.

하물며 던전에 들어오자마자 활성화된 퀘스트는 시간제한까지 걸려 있는 것이다.

그건 죽으라는 말과 같았다.

'10분 안에 어떻게 잡으라고!'

어쩌면 새끼 도깨비를 잡는 일.

그리고 '승차권'을 구하는 '10분 제한의 퀘스트'는 이곳의 입문 퀘스트에 불과한 것일지도 모른다.

난이도는 대폭 낮은 수준일 것이다.

아무래도 이곳은 고작 입구니까. 초장부터 클리어가 난해한 난이도일 리가 없었다.

'으아아! 진짜 미치겠네!'

하지만 공지원은 새끼 도깨비를 마주한 이 순간은 마치 보스 몬스터를 앞에 둔 것과 같았다.

수십 마리의 저승사자에게 둘러싸인 기분이다.

그 추측은 정확할 것이다.

D급의 일반 몬스터 중 아무리 약한 개체라고 해도 E급 던전의 중간 보스급은 될 테니까.

중간 보스는커녕 E급의 일반 몬스터조차 쉽게 잡기 힘든 공지원에게 이곳은 사지나 다름없었다.

그가 너무 약했다.

콰아아앙!

빠르게 접근한 새끼 도깨비를 피해서 공지원은 몸을 날렸다. 뒤편으로 벽을 박은 새끼 도깨비가 이쪽을 보면서 씨익 웃고 있었다.

새끼 도깨비는 또 달려들었다.

왼쪽으로 뛰고, 위로 뛰고, 구르고…… 갖은 수를 쓰면서 여태 버텼지만 점차 체력의 한계에 다다르고 있었다.

무려 10분 동안 이어지는 연속적인 새끼 도깨비의 저돌적인 몸통박치기.

공지원은 어렴풋이 깨달았다.

'완전히 갖고 놀고 있어…….'

새끼 도깨비들이 일시에 공격하는 경우는 없었다. 약속이라도 한 듯 일부러 돌아가면서 한 명씩 때리는 것이다.

철저한 장난감 취급.

공지원은 본인의 처치가 화도 났지만 한편으로는 다행이라는 생각도 들었다.

새끼 도깨비들이 동시에 달려들었다면 진즉에 죽었겠지. 아직까지 살아 있는 건 그들의 방심 덕이었다.

"커허억……!"

하지만 그조차 이젠 끝이었다.

우연히 스친 새끼 도깨비의 일격에 공지원은 빈사 상태로 누워야 했다. 새끼 도깨비의 앙증맞은 손이 사신의 낫처럼 보였다.

더는 움직일 힘이 없었다.

죽음의 문턱까지 다다른 것이다.

그때였다.

공지원의 눈앞에 메시지가 떠올랐다.

[퀘스트를 실패했습니다.]

[당신은 '승차권'을 구하지 못했습니다.]

[당신은 '역무원'의 표적이 되었습니다.]

시스템마저 사망 선고를 내리는 듯했다.

그리고 그때.

새끼 도깨비는 아쉽다는 듯 손을 털고 자리를 떠났다. 이미 빈사 상태로 쓰러진 공지원은 도망칠 기회가 왔음에도 전혀 움직일 수 없었다.

곧, 새끼 도깨비는 비교조차 안 될 거구의 도깨비가 나타났다. 근육으로 만든 패딩을 입은 것 같았다.

공지원은 흐릿한 시야로 놈을 올려다봤다.

"……뿔?"

머리에 달린 한 개의 뿔.

놈은 공지원의 발목을 잡더니 질질 끌어 다음 칸으로 끌고 갔다.

내내 통증이 일어서 고통스러웠지만 그가 할 수 있는 건 없었다.

몇 번 의식이 점멸했다.

그리고 어느 순간.

통증이 끊어지고 모든 게 멈춰 섰다. 그가 정신을 차린 건 요란스러운 소리가 주변을 가득 메운 시점이었다.

철그럭…… 철그럭!

쇳소리와 함께 흐릿한 시야로 살풍경한 것들이 보였다.

키이이이잇!

수십…… 혹은 수백 명에 다다르는 사람들이 침을 흘리며 묶여 있는 공간.

공지원은 그 한복판에 있었다.

알 수 없는 울음을 내는 누군가가 좀비처럼 비틀거리다 시선을 아래로 내리깔았다. 이를 마주한 공지원은 심장이 덜컥 내려앉는 줄 알았다.

키이잇…….

초점이 없는 눈.

키는 초등학생 정도 될 법한 녀석의 입가에 핏물이 섞인 침이 가득했다. 울음소리는 괴물 같았는데, 아무리 봐도 어린아이였다.

그리고 그들은 반주역의 생존자들과는 조금 다른 느낌이었다.

"······대체 여긴 뭐야?"

❈

유령열차의 꼬리 칸.

창고와 같은 공간에서 새끼 도깨비들은 폴짝폴짝 뛰고 있었다. 잔뜩 뛰어다닌 새끼 도깨비는 다음 칸으로 향하는 문을 보면서 짜증 섞인 울음을 토했다.

몸통박치기로 괜히 창고에 쌓인 쓰레기를 들이박았다. 쓰레기가 사방으로 흩날려도 화는 풀리지 않았다.

"우우우······!"

새끼 도깨비들이 화난 이유는 간단했다. 눈앞에서 겨우 잡은 먹잇감을 일깨비에게 뺏긴 게 화근이었다.

머리에 뿔이 있으면 다일까?

일깨비는 역무원이랍시고 겨우 양념해 둔 인간을 잡아갔다. 그건 너무 부당한 처사였다.

그런 식으로 사냥감을 다 **빼앗아** 가면 새끼 도깨비는 언제 크고, 또 언제 일깨비가 되겠어.

"우우우우우!"

하지만 새끼 도깨비들은 자신의 처지를 이해했다.

일깨비는 새끼 도깨비를 포함한 영깨비 중에서도 엘리트에 해당하는 개체만이 간택받아 성장할 수 있는 개체.

감히 새끼 도깨비가 반기를 들 수 없는 상대였다.

"우우! 우우우!"

다만 분을 삭일 수 없는 건 별개의 문제.

새끼 도깨비들은 이를 바득바득 갈면서 다음을 기약해야 했다.

다음번엔 가지고 놀지 않으리라.

승차권이고 뭐고……

바로 사냥해서 경험치로 만들자.

그래.

간만에 들어온 인간한테 흥분해서 잔뜩 갖고 논 그들의 잘못이었다.

일깨비를 욕할 시간에 스스로를 돌아보고 반성할 줄 알아야 진정한 도깨비의 귀감이 아닌가.

"우우! 우우우!"

그리고 기회는 의외로 금방 찾아왔다.

새끼 도깨비들은 또다시 열린 던전의 문을 보면서 씨익 웃었다. 인간을 갖고 놀던 추억이 새록새록 떠오르면서 종전의 각오가 사라지고 있었다.

괴로움에 울부짖는 인간!

야들야들한 피부를 벗기면 드러나는 새빨간 혈관은 별미였다.

폭죽처럼 터지는 핏방울이 얼굴을 적시는 순간은 누구도 참을 수 없는 대단한 쾌락을 선사했다.

벌써부터 눈에 선한 상황에 입에 침까지 고였다.

하지만 새끼 도깨비는 머리를 흔들었다.

이번엔 빼앗기지 않으리라.

갖고 놀더라도 긴 시간은 갖고 놀지 않을 것이다. 일깨비에게 뺏긴 건 하나로 족하니까.

그리고 외부에서 난입한 인간들이 금세 그들의 앞에 나타났다. 새끼 도깨비는 동시에 함지막한 미소를 지었다.

무려 네 명.

재밌는 놀잇감이 네 개나 왔다.

새끼 도깨비는 인간에게 적응할 시간은 주지 않았다. 먼저 때린 사람이 임자. 그들은 동시에 달려들었다.

콰아아아앙!

"우우……?"

그런데 정면에서 뭔가가 터졌다.

달려들던 새끼 도깨비들은 고개를 갸웃했지만 관성에 의

해서 달리는 속도를 멈출 수 없었다.

그전에 새끼 도깨비는 승리를 믿어 의심치 않았던 것이다.

여태 그랬으니까.

이번에도 같을 줄 알았다.

하지만.

"우우우!"

이윽고 도달한 곳에서 주먹 하나가 날아왔다. 달려들던 새끼 도깨비는 있는 힘껏 몸통박치기를 날렸지만 튕겨 나가는 건 그의 몸이었다.

튕겨 나간 새끼 도깨비는 벽에 박혔다 바닥으로 떨어진 뒤 부르르 몸을 떨다 축 늘어졌다.

"우우!"

새끼 도깨비는 분노를 참을 수 없었다.

감히 인간 따위가!

성난 새끼 도깨비들의 노도와 같은 돌진. 손속에 사정을 두지 않는 파상적인 몸통박치기 뒤로는 커다란 충격이 그들을 감쌌다.

타앙!

굉음과 함께 새끼 도깨비 한 마리가 고꾸라졌다. 비슷한 상황이 동시다발적으로 벌어지는 것이다.

"우우…… 우우?"

뭔가 일이 이상하게 흘러간다는 걸 뒤늦게 깨달은 새끼 도깨비들이었다.

❦

"여긴……."

일행이 던전에 들어서자마자 느낀 건 외관과 내부의 생김새가 판이하게 다르다는 것이었다.

"전철보다는 증기기관차의 화물칸 같아요."

먼지가 묻은 화물과 빛 바란 창.

강서준은 케케묵은 먼지에 둘러싸인 주변을 둘러보며 침음을 삼켰다. 사실 이건 대단히 놀랄 만한 일은 아닐 것이다.

'D급 던전이니까.'

던전은 본래 겉과 속이 다르다. 일전에 들어갔던 E급 던전 '무너진 학교'도 외관은 고등학교였지만, 정작 내부는 대학가 캠퍼스였지 않은가.

이곳도 비슷한 것이다.

던전이 발생한 '진칠'은 외관을 유지하더라도 내부는 '증기기관차'로 변형됐다. D급 던전인 만큼 그 규모가 더욱 커도 이상하지 않은 법.

그중 강서준이 눈여겨본 건, 자꾸만 뒤로 밀려나는 차창 밖의 풍경이었다.

'지하가 아니야.'

황량한 들판 위로 떠오른 해.

미국 서부극 영화에서나 볼 법한 광경은 광활한 지평선을 품고 있었다.

그리고 열차는 던전의 이름처럼 계속 달리는 중이었다.

[D급 던전 '달리는 유령열차'에 진입하였습니다.]

[이곳은 'F구역'입니다.]

[잠시 후, 역무원이 승차권을 확인합니다.]

[승차권이 없을 시, 당신은 역무원의 표적이 됩니다.]

메시지를 확인하자마자 옆에서 이상한 울음소리가 들려왔다. 고개를 돌려 확인하니, 언제부터 있었는지 뿔이 자라다만 도깨비들이 이쪽을 노려보고 있었다.

"우우!"

강서준은 저들의 정체를 알고 있었다.

'새끼 도깨비.'

일수꾼이던 뿔이 하나인 '일깨비'가 되기 이전의 유년체 몬스터. 크기는 수박만 하여 옹기종기 모인 게 귀여웠지만, 그 힘은 무시할 수 없을 것이다.

'D급 던전이니까.'

이곳은 '무너진 학교'나 '죽음의 화원'과는 궤를 달리한다. 고작 새끼 도깨비라고 해도 호랑이의 이빨을 갖고 있다.

최소 레벨 80을 넘는 몬스터들.

그뿐일까.

'여긴 일반 던전도 아니야.'

도깨비들이 나타나서 하는 말이 아니었다. 이곳은 입장과 동시에 '퀘스트'가 생성되는 '테마 던전'.

이 던전을 공략하려면 해당 던전만이 가진 규칙을 완전히 파악하고 풀이할 줄 알아야 한다.

'······선택의 미로처럼.'

메시지가 알려 준 첫 번째 퀘스트는 아마도 승차권을 획득하라는 것이다. 그리고 여기서 승차권을 가진 존재를 찾으라면 누구일지 뻔한 일.

"우우우우!"

강서준은 경고도 없이 냅다 달려드는 새끼 도깨비를 향해 주먹을 말아 쥐었다.

겉보기엔 아기자기하고 귀엽게 생긴 놈들이었지만, 그 잔혹성에 대해서 익히 알고 있는 강서준은 손속에 사정을 둘 필요가 없었다.

'인간을 죽이면서 희열을 느끼는 종족이었지 아마?'

도깨비는 인간의 영혼을 장난감 갖고 놀 듯 가지고 노는 악랄한 특징이 있었다. 당장 이쪽으로 달려들면서 처키처럼 씨익 웃어 대는 입꼬리를 보라.

저놈들은 귀엽게 생긴 몬스터.

그래.

몬스터다.

콰아아아앙!

강서준은 달려든 새끼 도깨비를 향해 사정없이 공격을 가했다. 놈들의 공격 패턴은 고작 몸통박치기뿐인지 상대하는 건 어렵지 않았다.

폭탄 터지는 소리가 나며 뒤로 날아가 처박힌 새끼 도깨비.

'할 수 있겠어.'

막무가내로 달려드는 무식한 몬스터를 상대로 드잡이를 이어 나갔다. 강서준은 생각보다 더욱 쉽게 아이템을 획득할 수 있었다.

[승차권을 획득했습니다.]

총을 연달아 쏴 대는 최하나, 힘겹게 장기용과 연합을 펼치는 오대수도 비슷한 메시지를 확인했다.

승차권은 곧, 테마 던전의 첫 퀘스트를 공략했다는 증거.

하지만 강서준은 일행을 돌아보면서 말했다.

"승차권을 버려요."

"네?"

"정석대로 공략할 여유는 없어요. 꼬리 칸부터 한 칸씩 전진해서 언제 따라잡아요."

말 그대로 정석적인 플레이는 안전을 보장하지만, 그만큼 이루는 데에 시간이 걸린다.

그리고 아이들의 영혼이 어딘가로 빨려 들어간 지금은 다소 위험할지라도 변칙적인 플레이가 필요한 시점이었다.

이에 오대수가 난색을 표했다.

"……역무원의 표적이 된다는데요?"

"그래서 버리자는 겁니다."

강서준은 망설임 없이 승차권을 대충 고롱이 먹이로 던져 줬다. 최하나도 별 이견 없이 승차권을 찢어 버렸다.

그렇게 되니 오대수나 장기용도 승차권을 계속 붙들고 있을 수는 없는 노릇.

어차피 이 던전에서 살아 나가려면 강서준과 최하나의 도움이 필요한 두 사람은 별 이견을 제시할 수도 없었다.

그때 장기용이 의문을 품었다.

"……이놈들 상태가 이상한데?"

노도와 같은 기세로 들이닥치던 새끼 도깨비들이 구석에 몰려 눈치를 봤다. 더는 공격할 의사가 없는지 이만 박박 가는 것이다.

강서준은 바로 눈치챘다.

"……다들 준비해요."

[퀘스트를 실패했습니다.]

[플레이어 '강서준'은 역무원의 표적이 되었습니다.]

동시기에 비슷한 문장을 읽은 일행이 불안한 얼굴색을 했다. 꽉 닫혀 있던 문이 열리면서 거구의 도깨비가 모습을 드러낸 건 그때였다.

"우우우!"

자신들의 복수라도 해 달라는 듯 거구의 도깨비에게 단체로 달려가는 새끼 도깨비들.

화답하듯 거구의 도깨비는 묵직한 발걸음을 냈다. 놈이 조명을 가려 주변으로 그림자가 생겼다.

거구의 도깨비. 덩치만큼은 엄청나서 위압감이 생길 법한 놈.

일행은 헛웃음을 지었다.

"아, 이래서……."

강서준은 약간 맥 빠진 얼굴로 앞으로 나섰다. 전혀 두려움이 없는 기색에 거구의 도깨비가 우렁찬 목소리를 내며 가슴을 쿵쿵 친다.

놈이 물었다.

"……인간. 승차권은?"

"없어."

"그렇다면 무임승-."

콰아아앙!

말이 끝나기도 전에 강서준의 일격이 도깨비의 얼굴에 꽂
혔다. 바닥을 나뒹군 도깨비는 자신에게 무슨 일이 일어났는
지 영문도 모른 채 눈만 멀뚱멀뚱 떴다.

이내 인간에게 두드려 맞았다는 사실을 상기해 낸다. 놈은
눈에 핏발을 세우며 허리춤에 걸어 뒀던 방망이를 꺼냈다.

"감히 인간 따위가-."

콰아아아앙!

하지만 도깨비는 이번에도 반응하지 못했다. 강서준은 손
끝으로 느껴지는 짜릿한 손맛에 씨익 웃으면서 말했다.

역시 정석으로 플레이했다가 낭패 볼 뻔했다.

"네가 역무원이냐?"

"뭐, 뭣?"

"일깨비야. 네가 역무원 맞냐고."

역무원.

일수꾼이자, 일깨비인 놈이 황망한 눈으로 강서준을 바라
본다. 여전히 대답이 없기에, 강서준은 한 발짝 더 나아가기
로 했다.

"……!"

강서준은 순식간에 놈의 코앞에 도착했다. 그의 손이 도깨
비의 뿔을 콱 쥐는 순간이었다.

"대답 안 해?"

콰아아아아앙!

테마 던전.

단순히 몬스터를 사냥하면 끝인 던전과는 다르게 배경에 따라 모종의 주제를 가지는 던전.

해서 테마 던전은 퀘스트가 존재했고, 주어진 퀘스트를 차근차근 풀어 가는 게 정석이다.

이곳 '달리는 유령열차'도 그렇다.

제한 시간 안에 새끼 도깨비를 사냥해서 승차권을 얻을 것. 그것이 던전이 주는 첫 번째 퀘스트였다.

해내질 못하면 역무원의 표적이 되고 던전 공략에 차질이 생긴다. 이곳으로 들어오는 자들은 역무원의 표적이 되지 않기 위해서 무던히도 노력해야 할 것이다.

'웃기고 있네.'

강서준은 자신의 공격에 의해 뿔이 꺾여 바닥에 널브러진 일깨비를 내려다봤다.

이것이 그가 선택한 최선의 변칙적인 플레이. 정석을 배제한 고속 공략법의 비법이었다.

'결국 이놈만 쓰러트리면 퀘스트고 뭐고 신경 쓸 게 없다는 거야.'

역무원은 퀘스트를 실패한 자에게 주어지는 최대의 벌칙. 하지만 그마저 소용없는 자들에겐 벌칙 같지 않은 벌칙을 피하려고 용쓸 필요는 없었다.

강서준이 말했다.

"야, 일깨비."

"……인간이 감!"

"시끄럽고."

빠직!

괜히 대들다 한 대 얻어맞은 일깨비는 바닥에 널브러진 채로 몸을 바르르 떨었다. 죽지는 않았을 것이다. 던전 버프를 받았으니 꽤 튼튼할 테니까.

위를 올려다보는 놈의 시선이 사뭇 살벌했다. 눈빛으로 사람을 죽인다면 골백번을 죽였을 눈빛.

"눈 안 깔아?"

금세 빛은 사그라들었다.

"너네 영혼은 어디다 숨겨 뒀냐?"

"……."

"대답 안 해?"

"……모, 모른다!"

"반말?"

"모릅니다!"

한편 일깨비가 일방적인 폭행을 당하자 한쪽에 몰려 있던 새끼 도깨비들이 이러지도, 저러지도 못하는 눈으로 방황하고 있었다.

강서준은 미간을 구기며 말했다.

"정신 사나워. 거슬리게 하지 말고 저리 가 있어."

"우우!"

일사불란하게 화물들 사이로 숨어 버리는 새끼 도깨비들. 강서준은 짜증 섞인 목소리로 다시 일깨비에게 집중했다.

"시간 없어. 빨리 말해."

"저, 저는 정말 모릅니다!"

눈탱이가 밤탱이가 된 일깨비는 바들바들 떨었다. 몇 번 더 쥐어박으면서 물어봤지만 놈은 오줌만 지릴 뿐 유익한 정보를 토해 내질 못했다.

아쉽게도 놈은 알고 있는 게 많지 않았다.

"영혼은 D구역에 있단 말이지?"

"네, 넷! 이곳으로 들어온 모든 상인은 그곳으로 향하는 걸로 압니다!"

"하…… 거짓말은 아니겠지?"

고개를 도리도리 젓는 일깨비. 강서준은 놈을 내려다보며 거짓이 아니라는 걸 알 수 있었다.

모르긴 몰라도, 뿔이 꺾인 도깨비는 힘이 없다. 놈의 원천과도 같은 뿔이 이미 부서진 마당에 허세를 부릴 수는 없을 것이다.

강서준은 잔뜩 풀이 죽은 도깨비를 향해 손을 내밀었다.

"야, 그럼 열쇠 좀 줘 봐."

"……네?"

"넌 F구역 마음대로 왔다 갔다 할 거 아니냐. 너도 퀘스트를 클리어해야 넘어갈 수 있는 건 아니잖아."

일깨비가 순간적으로 몸을 움츠러트리며 허리춤에 걸린 보따리 하나를 감췄다.

빠르게 눈치챈 강서준은 도깨비의 이마에 딱밤을 세게 날렸다.

"끄악!"

그리고 보따리를 손에 쥔 강서준이 말했다.

"이거 나 줘."

"아, 안 됨−."

콰아앙!

"줘."

"…….."

[역무원 '일깨비'로부터 '도깨비 보따리'를 강탈했습니다.]

[히든 아이템 '수상한 도깨비 보따리'를 습득했습니다.]

[F구역 히든 아이템 'F구역 마스터키'를 습득했습니다.]

강서준은 바닥에 대자로 뻗은 일깨비를 보며 혀를 찼다.

"꼭 매를 벌어요."

그는 일행을 돌아보면서 말했다.

"이동합시다. 시간이 없어요."

약간 벙 찐 얼굴로 상황을 관망하던 일행이 서서히 고개를 끄덕였다. 그리고 바닥에 쓰러진 일깨비를 바라보던 오대수가 물었다.

"저 도깨비도…… 플레이어 아닙니까?"

"맞아요."

"그럼 저 사람도 피해자가 아니었을까요?"

도깨비의 이름이 흰색인 이유.

오대수가 어떤 의문을 가졌는지 알 법했다. 비록 도깨비가 되어 몬스터와 같이 움직이지만, 기억을 빼앗긴 존재들일지도 모르니까.

그렇다면 코볼트와 다를 게 없을 것이다.

강서준은 고개를 가로저으며 이참에 확실히 하기로 했다.

"코볼트와는 경우가 달라요. 도깨비는 영혼을 빼앗겨서될 수 있는 게 아니니까요."

존속살인.

플레이어가 도깨비로 변하기 위해선 우선 '존속살인'이라는 터무니없는 조건을 이룩한 영혼일 것.

그리고 두 번째가 있었다.

"인육을 먹어야 해요."

동족섭식.

말하자면 이놈은 과거 '존속살인'의 전과가 있으며, 현시점에서는 인육을 먹었다는 게 된다.

그것도 '일깨비'가 될 정도라면 아주 많은 인육을 먹었겠지.

강서준은 오대수와 장기용을 돌아보면서 말했다.

"그러니까 도깨비를 상대할 때는 일말의 동정도 주지 말아요."

강서준은 바닥에 널브러진 채로 일어나질 못하는 일깨비를 일별했다. 인과응보라고 할 것까진 없겠지. 다만 이자는 이런 대우를 받아도 할 말 없는 것이다.

여태 본인이 저지른 잘못이 있을 테니까.

강서준은 보따리를 꽉 쥐고 일행과 함께 다음 구역으로 넘어가기 위해 걸음을 옮겼다.

문득 화물 뒤에 숨어 있던 새끼 도깨비들과 눈을 마주쳤다.

혹시 뒤통수라도 치려고 했던 걸까.

구역을 넘어가는 부분에 옹기종기 모인 채 긴장한 얼굴을 한 놈들.

강서준이 물었다.

"덤빌 거야?"

새끼 도깨비들은 격렬하게 고개를 가로저었다.

다음 권으로 이어집니다

망한 가문의 검술 천재가 되었다

소구장 퓨전 판타지 장편소설

**역사에서도 잊힌 비운의 검술 천재
최강의 꼰대력으로 무장한 채
후손의 몸으로 깨어나다!**

만년 2위 검사 루크 슈넬덴
세계를 위협하던 마룡을 물리치며
정점에 이른 순간

이대로 그냥 죽어 다오, 나를 위해서.

라이벌인 멀빈 코넬리오에게 목숨을 잃……
……은 줄 알았는데,
200년 후의 몰락한 슈넬덴가에서 눈뜨다!
가족이라고는 무기력한 가주, 망나니 1공자뿐
망해 버린 가문을 살리기 위해
까마득한 조상님이 팔을 걷었다!

설풍 같은 검술, 그보다 매서운 독설로
슈넬덴가를 정점으로 이끌어라!